小説という毒を浴びる

桜庭一樹書評集

桜庭一樹

集英社

小説という毒を浴びる　桜庭一樹書評集　目次

【書評】

【対談】

小説という毒を浴びる

桜庭一樹書評集

解説

『聖少女』倉橋由美子

もしも、どこかで誰かに呼びとめられて、「この国で書かれたもっとも〝重要な〟少女小説はなにか？」と聞かれたら、個人的な好みで選んでよいか確認してから、わたしはこう答える。

「『聖少女』で、まちがいないです」

そのときちょっとばかり、心に、森茉莉《まり》の『甘い蜜の部屋』と尾崎翠《みどり》の『第七官界彷徨《ほうこう》』への未練を残すかもしれないが、とはいえ、倉橋由美子の『聖少女』で〝まちがいないです〟。

この作品は、大学在学中の一九六〇年に『パルタイ』でデビューした作家、倉橋由美子が、六五年、二十九歳のときに上梓《じょうし》した、近親相姦《そうかん》を巡る万華鏡《まんげきょう》の如《ごと》き物語である。主人公である青年Kが、仲間との強盗の帰り、不思議な少女、未紀《みき》を拾うシーンから始まる。

〝「乗るつもりかい？」

「乗せてって」
「どこまで？」
「どこまででも」〃
Ｋの目に、初対面の未紀は〃黒い下着でいたいたしく繃帯《ほうたい》された裸身〃を想像させる、異様ないたましさをもったうつくしい少女と映る。この出会いの後、高校生だったＫは大学に進学し、学生運動の波に飲みこまれていく。謎《なぞ》めいた少女とは、時折、運がよければ会える程度だが、出会いから六年後。病室で再会することになる。彼女はポルシェでトラックと衝突し、同乗していた母を亡《な》くし、頭部を強く打って記憶をなくしていた。まるで〃未知の惑星からこの地上に墜落してきた人間〃〃こわれた自動人形〃のようになってしまった未紀。Ｋは、記憶喪失前の未紀がずっとつけていた日記らしきノートを、〃砂漠の遺跡から掘りだされたふしぎな碑文みたいにあなたに解読を手伝って〃ほしいのだと、本人から託される。こうして、Ｋによって読者の前に開かれたノートは、つぎの一文で始まる。
〃いま、血を流しているところなのよ、パパ。なぜ、だれのために？　パパのために、そしてパパをあいしたためにです。もちろん。〃
――夢か現《うつつ》か、少女の心の、暗い万華鏡の如き近親相姦の物語の電源が入る。
性愛とは、人をたちまち弱者にしてしまう、とても残酷なものだと思う。他人を愛してしまった人の姿は、まるで生まれたてのように弱く、儚《はかな》い。でもそうやって他人を愛することは、一方で、人間の成長の一端、大人になるための条件でもある。言ってしまえば、初恋も処女喪失も別離も、大人になるための教科書があれば載っていそうな、（退屈な！）通過儀礼の一つなのだろう。

しかし、性愛によって無敵の、強者となる方法もある。選ばれた少女（頭でっかちともいう）だけが、そのことを知っている。現実の女そのもの、俗物である母を嫌悪《けんお》するほどに、少女は、絶対者である父――現実の父でなくもちろん概念の――に、心も身体《からだ》も、惹《ひ》かれる。（頭でっかちな）少年が時に、狂った殺人者になることで現実を超越し、偽《にせ》の神に変化《へんげ》しようとするように、少女は、禁じられた（……でも、誰に？）近親相姦の罪によって、ままならぬ現実や、俗物たる大人たちの頭上を軽々、越えようと考える。少女の脳内世界における近親相姦とは、肉欲ではなく〝これこそあたしの割礼の儀式、善の包皮を切り裂いて悪を裸にする儀式〟〝儀式のはじまりは、水道管が破裂したときの勢でまっかなものが噴きだしてパパの顔を汚すことでなければ〟といった、多分に秘密結社めいた、暗黒のままごと儀式なのだろう。

思春期という、危険で、おかしな季節に、娘にとっての父――うつくしい幻想の中のあのひと！――は、生、性、死を同時に司《つかさど》り、父であると同時にじつは私自身でもある、生きた神となる。その肉体と一つになることで、少女は、俗物的な女——現実の善良な母——とそっくりに成長してしまう道を逃れ、両性具有の、偽の神になりたいと妄想する。同時に、光り輝く少女という、いつのまにかなってしまったピュアでかわいいもの（頭でっかちの少女にとっては、これはたいへんに居心地の悪い肉体である）から、〝骨を奪いあう二匹の犬みたいに〟醜くて生臭い獣にむかって、手に手を取ってともに堕落してくれる、ただ一人の友でもある。

しかし、そうやって神々のふりをしたまま生を全《まっと》うすることは、少女という俗物予備軍には、とうてい不可能な芸当だ……。疲労し、物悩んだ少女はやがて、幻想の父の呪縛《じゅばく》から離れようとするだろう。そうして、平凡な青年（そう、Kだ、Kがいい）と婚約し、〝からっぽの未来〟〝平和な下降と衰退〟〝幸福。少しずつ死んでいくこと〟を、愚かにも選び取る。

挫折と、成長。一度は信じて選び取った、唯一の神を失うこと——。

しかしそうなったときに初めて、少女はついに大人（俗物！）になり、生身の母の存在と、やがては生身の女となっていく己のつまらない運命を、ようやく、受けいれることができるのだろう。

それにしても、本書の中で気になるのは、謎めいた少女……未紀の、おかしなほどの〝作家らしさ〟ではないだろうか。未紀は悪人ではないが、天性の嘘《うそ》つきである。そのため、記憶喪失になる前の彼女が残したノートを元に、婚約者である青年Kが「真実」を探す道程は、探偵小説さながらだ。わたしたち読者はKとともに、未紀という迷宮に蠢《うごめ》く嘘と、事実と、嘘の中に隠れる本当の「感情」を探して流離《さすら》う。事実が万華鏡の如くクラクラと変わるたび、新たな「感情」をみつける。起こった事実ではなく、未紀のこの「感情」こそが彼が探す「真実」であり、探偵小説における「真相」なのだ。

ノートに書き連ねる嘘＝物語を通して未紀がやろうとしたことから、わたしは、大好きな作家、寺山修司が生涯続けた「偽史としての個人史を物語化して語り直し、また語り直しては、己を探す、あの終わらない旅」が思いだされてならない。作家は、事実としては確かに、嘘ばっかり書く。だが感情の面では、本当のことしかけっして、書かないのだ。だから、ある作家のある小説を特別に愛したとき、わたしたち読者はKのように、物語内に隠された真実の「感情」を探す探偵にならざるを得ない。

倉橋由美子の早熟で残酷な指によって、この物語がついに閉じられた後、物語内の作家の一人、未紀自身はいったいどこへ行ったのだろうか？　職業作家になったか？　平凡な妻、母となりつまらない日常を生きているのか？　それとも、迷宮たる精神病院に？　もしもまだ生きていれば、この作品が復刊された今年、二〇〇八年、未紀、六十五歳（なんと、これは、わたしの母の年頃なのだ……）。

未紀と、わたしたちは、都会の雑踏である日ふっとすれちがうかもしれない。たまたま入った喫茶店で、もしかしたら、彼女は隣に座っている。でも、わたしたちは気づかないだろう。平凡な、ごく目立たない容姿の老年の女を、きっと気にも留めないだろう。わたしたちにとって、世界は若者だけでできているのだから。でも忘れてはならないのは、彼女は、畏《おそ》れることなく禁忌を犯し、一度は神の座についた、あの少女、両性具有の、その名も「聖少女」の……、成れの果てなのだ。

この作品が公刊された当時、倉橋由美子はこう述べている。

「わたしはこの小説のなかで、不可能な愛である近親相姦を、選ばれた愛に聖化することをこころみました。ここに登場する二つの青春は、現実のなかに発生して現実を喰いつくす癌《がん》に似ており、聖性と悪とはシャム兄弟のようにわかちがたく抱きあっています。わたしはこれをいわば鏡の裏側から眺め、悪い夏に融《と》けていく軟体動物のような小説として提供したかったのです」

作家自身が、後年、自筆の略年譜において「最後の少女小説」と位置づけたこの作品が、少女小説の最後にして最大のテーマである（と、わたしは信じる）、近親相姦を巡る物語であったこと。上梓されたとき、作家が少女の年齢ではなく、すでに大人だったこと。そのことに、わたしは強い感銘を受けた。

そういった意味で、『聖少女』はわたしにとって、森茉莉の『甘い蜜の部屋』、尾崎翠の『第七官界彷徨』と並ぶ、三大「危険で、おかしくって、畏れを知らず、ルナティックな、そして永遠の、素晴らしき哉《かな》、少女小説！」なのである。

（二〇〇八年二月）

『小指の先の天使』

神林長平

生まれてこのかた、ラブレターというものを書いたことがない。

もちろんファンレターもだ。べつに筆不精というわけではなく、なんてことのない手紙ならよく書いているので、おそらく照れ屋かなにかなのだと思う。小説を書くのならともかく、愛や感動を、本当の気持ちを、そうやすやすと手紙になぞ書くものか！　……と、こういう人間は得てして、観念していざ、尊敬する作家の解説文などを書き始めると、感極まって夜中に書いたはずかしいポエムみたいになってしまうにちがいない。というか、もうなった。なりました。それは昨夜、自主ボツにして神林氏はおろかこの依頼をくれた『S－Fマガジン』編集長にも見せないことにして削除して、こうして書き直し始めたものの、件《くだん》のポエムの、ハードディスクからの消し方がわからない。はやめにパソコンごと海に沈めたい。

と……かほどに……わたしは神林長平氏のファンである。昨今、SF要素のある作品を発表している若手作家の多くがそうではないかと睨《にら》んでいるのだが、わたしもまた、中高生のころ神林作品を読んでどっぷりはまり、抜けられないまま大人になってしまったうちの一人だ。とはいえ彼の作品群はなかなか強敵で、あのころどうはまり、どう好きなのか、たいへん説明しにくい。難しいことは自分には書けないので、背伸びしすぎずに、あのころの思い出と一緒に、あれこれと書いてみようと思う。

神林長平氏は一九七九年、SF短編「狐と踊れ」でハヤカワ・SFコンテストに入選し、デビューした。八一年に短編集『狐と踊れ』を、八三年に処女長編を発表。八九年にアニメ化された『敵は海賊』シリーズも八一年に始まっている。二〇〇二年に同じくアニメ化された『戦闘妖精・雪風』が発表されたのは八四年のことである。ちなみにこの短編集『小指の先の天使』に収録されている「抱いて熱く」は八一年に『S-Fマガジン』に発表されたもので、「父の樹」は九〇年、「小指の先の天使」は九二年、「猫の棲む処」が九三年、「なんと清浄な街」が二〇〇〇年で、「意識は蒸発する」は書き下ろしなので、おそらく二〇〇三年に書かれたものである。収録作品の執筆時期に二十年以上の開きがあるのは、言われなければわからない。時代によって古びないというのはこういうことか、と改めておどろいたのでここに書き記してみた。

神林氏は七〇年代後半から現在まで傑作を発表し続け、九四年の『言壺』で第十六回日本SF大賞を受賞するなど、SFの第一線を駆け抜けている作家なのだが、一読者であるところのわたしは、じつはそんなことはぜんぜん知らず、ただただ本屋でみつけては、夢中で読み続けていた。

さて、わたし自身の神林作品との出会いはというと、中学生のときだった。

そのころは鳥取県の山奥の、ほんとうになにもない町に住んでいた。自転車通学は、夜道で光る校章付き白ヘルメット着用が必須で、ヘルメットの顎紐《あごひも》をちゃんと留めずにぶらぶらさせて走るのが不良の証だった。ある日、勇気を出してぶらぶらさせてみたが田んぼの間のあちこち砕けたアスファルト道路にはそれを目撃する者は誰もおらず、牛糞と藁を混ぜて発酵させた有機肥料がぼとぼとと落ちて、すっぱい匂いをさせていた。夕方になるとその道を、中国山脈から降りてくる、いっぱいに土砂を積んだダンプカーの群れが轢《ひ》いて、牛糞をぺったんこにしていった。遠くで鴉《からす》が鳴いていた。

本当に、なにもなかった。わたしは本ばかり読んでいた。

多くの中高生が当時そうだったように、自分もまた、大人と子供の中間地点にいて、なんだかわからないが自分や、周りの環境を持て余していた。世界にはびこる不正や割り切れないことの断片を浴びて、もうまっさらに無邪気な子供ではいられなかったし、かといってまだまだなにも達観できない年頃だった。憧れだけ大きかったけれど、自分みたいな人間は誰とも愛しあえない気がしていたし、なにも為せない気がしていたし、そのくせ遥か高みの、届かないものへの憧ればかりが純化して、そういう自分は怪物のようで、毎日、毎日、静かに、絶望するのに忙しかった。永遠に大人になる日はこない気がして、しかしあっというまに月日が過ぎ去る予感もあって、死にたいような、走りだしたいような、ロマンチックな気分でい続けた。……と、大人になったいまならこうやって説明できるが、当時はその気分をなにひとつ言語化できずにただ、暗い顔をしてぐるぐるしていた。

そして、そういった言語化できないまま自分の思春期を蝕《むしば》んでいく〝それ〟に、神林作品の表紙たちを覆い尽くす、あの暗く、どこか湿った色彩がぴたりとはまった。

なにもない田舎町の、昼間でも薄暗い古びたアーケード街で。いつも入る崩れかけのバラックみたいな本屋で（立ち読みしていると、本当にハタキで頭をはたかれるのだ！　ありえない！）。ある日、心に突き刺さるような秀逸なタイトルに惹かれて、棚からそうっと一冊、抜いた。『あなたの魂に安らぎあれ』だった。一冊買って読むと、止まらなかった。しかしお小遣いが足りないので、つぎの月になるまで待てず、ハタキではたかれながらつぎの本を必死で速読した。『七胴落とし』だった。本屋の老人につまみ出されて、屈辱に歯軋《はぎし》りした。なぜか図書館には一冊もなかった。神林。神林。神林。どこだ。お……

おとうさんの車に散らばっている小銭をちょっと拝借して（ど、泥棒だ……）つぎのを買った。ノンシリーズなのに、なぜか、つぎの本が読みたくてたまらなかった。神林。神林。神林。

当時の、地方都市で鬱屈する中学生だったわたしは、神林作品の主人公たちをまるで自分のことのように感じていた。すべてに不信感があり、同時に、きれいなもの、永遠性を求める気持ちに囚われてもいた。矛盾し、いらつき続けるその人。そこまではまるで自分自身のことのように感じられた。しかし神林作品の中では、その怒れる主人公の周りで世界は幾度も反転して形を変えていき、物語のはじめにあった世界は遥か彼方に過ぎ去り、もうどこにもなくなってしまう。主人公が変わるのではない。彼を取り巻く世界が、繰り返し、変わるのだ。

その本を読んでいる、現実の自分を取り巻く環境はしかし、驚くほどに変化がなかった。退屈な授業。常識的で優しくて、それゆえに別次元にいる（と当時は思えてならなかった）大人の代表のような両親。愚かな負け犬にしか見えない、権威主義的な教師。友達はかわいくておもしろいけど、みんなばかに見えた。自分だけ特別な人間だと思いこんでいて、でもそれを証明する手段はなに一つなかった。退屈な授業のあいだずっと、頬杖をついて窓の外の田んぼやその向こうの中国山脈を見ていた。数学教師と婚約中の女の音楽教師が、わたしの目線を追って、目を細め「素敵ね。田んぼに風が吹いて稲穂が一斉に揺れて、揺れたところだけ緑の色が濃くなるでしょう。わたし、あれを〝風の足あと〟って呼んでるのよ」と夢見るように言った瞬間、教室にいる全員を撃ち殺したくなった。わたしを取り巻く世界は神林作品のように反転せず熔解せず、どこにも、どうにも変化しなかった。一読者であるわたしは、現実世界に囚われていたのだ。だからこそ、溶けて変わる世界をさめた目でみつめ、雄々《おお》しく歩く主人公たちに強く憧れた。神林。神林。神林。

あのころのわたしは、読み終わった神林作品をどれか一冊、必ず学校指定の黒い革鞄《かわかばん》に入れて持ち歩いていた。お守りのように。とにかく、持っていたかったのだ。胸にぎゅっと。

（話はそれるが、それから数年経って、わたしの世界は一度だけおおきく反転した。高校を卒業して、進学のために上京したときだ。あのとき確かに、現実世界は一度だけまるでSFのように周囲の風景を変えた。天まで届くような高層ビルに、SF映画の撮影に使われたという、白い空中楼閣のような首都高速。都会を闊歩《かっぽ》する女の子たちはまるでアンドロイドのように痩せて手足が長く、垢抜けて、とても美しかった。SFで読んだ未来にきたような風景だった。訛《なま》りが抜け、何年かかかったが頰の赤みが自然に取れて、未来世界の住人になった後、わたしは作家になった。わたしが入ったその世界には、生きて、動く神林長平氏がいた。

　この人は実在したんだ、と思った。あれらを書いたあの人が、生きて、動いている。確かに世界は一度だけ、ＳＦのように反転したのだ）

　神林作品には独特の、誤読を誘う、誘惑的な〝余白〟みたいなものがあるように思う。読書するということそのものが、ある程度の誤読かもしれないのだが。自分の世界にぐっと引き寄せて、共感しながら読んだり、ときにはあえて突き放して読んだり。しかし神林作品はとくにその誤読度が高いような気がするのだ。読者はそれぞれの思い入れを、神林氏によって用意された〝余白〟に十分にあふれさせて、しんみりと、ときにはいらつきながら、どっぷりはまって読むことができる。そしてそれぞれの思いを上書きされた本たちが、それぞれの本棚に、そっとしまわれる。同じ小説なのに、しかし読まれたあとは一冊として同じ本はない、そんな気がする。わたしの読み方もまたそれで、ほかの読者にとっては思いもかけない誤読かもしれない。わたしの記憶にある神林作品とはきっと、あの暗い〝余白〟の空間において瞬間的に神林氏と繋《つな》がった、あの日の自分自身なのだ。

　しかしそういうふうに、それぞれにどっぷりと読まれる小説はとても幸せであるように、わたしは思う。〝余白〟のない本は読み終わると忘れられてしまう。みんな、たくさん、たくさんの本を買っては読み、買っては読むからだ。しかし時を超えて存在しつづける、偉大な異形である神林作品群は、今日もまたどこかで、誰かに読まれ、あの空間で繋がり、変容し、誰かにとっての忘れられぬ一冊となっていくのだろう。

今回、この『小指の先の天使』を読み返してみてわたしは、あぁ、自分はやはり神林長平先生の作品が大好きだなぁ、この作家がこの世に存在してくれて本当によかった、と思った。「それでこそ、世界は真に開かれている。」のところでやはり、涙した。

神林作品はやはり、わたしたちのスーパーファーザーであるとともに、おどろくほど色褪せぬ、永遠の、苛立つ思春期のかたまりである。きれいで、冷たく、あつい。本を手に取ると、神林氏を神林氏たらしめているなにかが、あの日と変わらずいまも、ぽたぽたといきおいよく滴り落ちてくるのだ。神林。神林。

……やっぱり、夜中に書いたはずかしいポエムみたいになってしまった。何度書き直してもこうなるので、もぅー、これでいい。

（二〇〇六年三月）

『ずっとお城で暮らしてる』
シャーリイ・ジャクスン著／市田泉訳

つい先日、MYSCON《ミスコン》というミステリ系ファンイベントから講演依頼があり、東京創元社の編集F嬢とともにいそいそと出かけた。ちょうど、この『ずっとお城で暮らしてる』の解説のお話をいただいたところだったので、二人して、いかにシャーリイ・ジャクスンが好きかを主張しながら、駅から会場までの道を歩いた。

ジャクスンといえば映画化もされたホラー長編『たたり』（創元推理文庫）が有名だが、不気味な短編集『くじ』（早川書房）も素晴らしい。わたしは、入手不可になっていたこの短編集を図書館で探してコピーし、大事に保管していたら早川からあっさり新装版が出てしまって、三日ぐらいしょげていた。F嬢は、ダイアン・フォーチュンの『心霊的自己防衛』やマヌエル・プイグの『このページを読む者に永遠の呪いあれ』など、素敵なタイトルに惹かれて本を手に取ることも多いらしく、ジャクスンとの出会いもたしかそうだった、という。

歩いたり、立ちどまったりしながら、ジャクスン話に花を咲かせ、ようやく会場に着いた。しかし、映画も有名な『たたり』や新装版が出たばかりの『くじ』はともかく、最後の長編となった『ずっとお城で暮らしてる』のほうは、一九九四（平成六）年に学研ホラーノベルズから刊行されたものの、長らく入手不可になっていたので、残念ながら、存在を忘れられつつあるのかもしれない、という気がし始めた。

そこで、会場の控え室でサイン本をつくりながら、コーヒーを持ってきてくれた若いスタッフになにげなく聞いてみた。

「あのね、君、『ずっとお城で暮らしてる』っていう本……」

すると青年は顔を輝かせ、（いや、実話なのだが）お盆を片手に、内緒話のような小声で歌いだした。

「お茶でもいかがとコニーのさそい、毒入りなのねとメリキャット……」

「あらっ、歌えるの」

「大学のミステリ研究会で、みんなで歌いました」

なんだ。ぜんぜん忘れられてなかった。

シャーリイ・ジャクスンは一九一六年、アメリカのサンフランシスコで生まれ、カリフォルニアで少女時代を過ごした。四〇年に大学を卒業、文筆家のスタンリー・エドガー・ハイマンと結婚した。

その後、雑誌に短編小説を発表し始め、四八年に『ニューヨーカー』誌に掲載された傑作短編「くじ」が話題になる。これは、狭い町で年に一度、くじ引きで犠牲者を決め、石を投げて殺すという恐怖小説で、一度読むと忘れられず、同じ刺激を求めて、ジャクスンの既刊本を探しに本屋を図書館を知人の書庫を幽鬼のように彷徨《さまよ》う羽目になること必至の怪作である。

私生活では四人の子供の母親として家事をこなし、コミカルな育児ノンフィクション『野蛮人との生活』（早川書房）なども書いたが、やはり恐怖小説の作品が多く、生涯に長編を六本、短編集を四冊（うち一冊は遺稿を含め死後に出版された）刊行している。六五年、ヴァーモント州にて四十代で死去した。

『ずっとお城で暮らしてる』は、スティーヴン・キングが激賞したことでも知られる『たたり』と並び、ジャクスンの代表作となる長編小説である。主人公はメアリ・キャサリン・ブラックウッド。略してメリキャット。姉のコンスタンスと共に立派なお屋敷で暮らす少女だが、そのお屋敷では数年前に、メリキャットの両親、弟、そして伯母がブラックベリーにかけた砒素入り砂糖で毒殺される怪事件が起こっている。そのときメリキャットは父にお仕置きされて部屋に追いやられており、料理をしたのは姉のコンスタンスだった。コンスタンスは金髪碧眼《へきがん》の美女だが、事件で家族殺しの犯人扱いされて以来、お屋敷から出ることができずにいる。メリキャットは姉の代わりに、週に二度、村に食料品を買いに出かけては「メリキャット　お茶でもいかがと　コニー姉さん／とんでもない　毒入りでしょうと　メリキャット」と子供たちに囃《はや》し立てられながらすごすごと戻ってくる。世話をする両親がいないメリキャットはいつも髪がボサボサで、ボロ服に身を包んでおり、また、少しずつ頭がおかしくなってきてもいるようだ。魔除けのつもりで、死んだ父の本をお屋敷の周りの木に打ちつけたり、ドル硬貨を土に埋めるなど、魔女になりきった一人遊びをしては、姉を邪悪な来訪者から守っているつもりでいる。しかし、そんな折、怖《おそ》れていた来訪者が——姉妹の従兄を名乗る若い男が現れた。メリキャットは警戒するが、美しいコンスタンスは男をお屋敷に招きいれてしまう……。

ジャクスンの作品を読むたびにわたしが感じるのは、からだを駆け巡る〝虫唾《むしず》が走るような不快感〟で、しかもそれは、苦いのに不思議と癖《くせ》になってしまう、妙な味だ。女性作家の手になる、妙齢の女性や少女を語り手にした物語の多くは、主人公が等身大で、読者としては自己投影しながら読み進めることが容易だ。しかしジャクスンが描く主人公に限っては、そんな読み方は許されない。読みながら心に、ぶつぶつ、ぶつぶつとグレーの泡が立つのがわかるだろう。しかし、いやなのに、引きこまれる。紛《まぎ》れもなく恐怖小説で、女性作家の筆になるものだが、ジャクスンが描いているのは女の怖さではなく、性別も年齢も国境も超えたところにある、〝弱者のとほうもない怖さ〟だと思うのだ。

　狭い町やお屋敷の内部など、ある種の閉塞状況を舞台にすることが多いので、読みながらわたしは、自分が暮らした田舎町の記憶を蘇《よみがえ》らせてしまった。みんなが同じぐらいの広さの土地を買って、同じような規模の家を建てた、ちいさなかわいらしい町。大通りに郵便局、スーパー、本屋、雑貨屋、美容院などが並んでいるから、町を出なくとも生活はできる。毎日、毎年、あぁ、いつまでも、同じ顔ぶれの老若男女が歩いている。家族構成も経済状況も似ている人々だから、ほんの少しの欠落が、すごく目立つ。だから、欠落を抱えてはいけないし、かといって過剰でもいけない。でも誰にでも、欠落も過剰もあるのだ。ほんとうは……。一方で、なにも隠さず生きる子もいた。子供の頃、近所にいた苛《いじ》められっ子の家は、みんなの家より土地がちょっと狭くて、それに一軒だけ平屋だった。体も弱くて、同い年の子より一回り小さかった。いい子ならみんな仲良くしただろうが、ちょっとばかり不思議な子だった。そう、メリキャットみたいな子だった。見えないものを見ているようだった。苛めたりしなかったけれど、とくに親しくもならなかった。興味はないのに、苛立ちだけを感じ続けた。目立たないように気をつけて生きながら、欠落も過剰も隠さないあの子のことは、なるべく考えないようにしていた。弱者なのに、あの子はいつだって楽しそうだった。ただ、それだけのこと……。いまどうしているのかは、知らない……。

誰でも、子供の頃の記憶を紐解くと、瞳孔《どうこう》を見開いてこちらをみつめるメリキャットの頭が、ゴロリと転がり落ちてきてしまうのではないか。欠落と過剰をあふれさせる、あの子の顔。もしくは、それを隠そうとする、己の顔。真夜中の鏡に映った見慣れない自分のような、苛立たしい、永遠の子供メリキャット。ジャクスンの作品が怖ろしいのは、かつて見て見ぬふりをした弱者に、とつぜん目の前に立たれて、耳元で「わたしのことが嫌いなのね？　あなたはいつだって目をそらしていた」と、責められたような気持ちになるからだ。

物語中でメリキャットが死ぬほど怖れる、村人の悪意が――、ラスト近くでお城を破壊するほどの、まさに〝燃えるような〟憎悪が――、どこまで現実の出来事だったのかはわからない。彼女は本当に狂っていて、すべては被害妄想だと言ってしまうこともできる。しかし、読者である自分の心に、共同体における、無関係なはずの弱者への、理不尽なほど激しい憎悪と、自分が憎悪される対象になる怖れがあることを知っているから、メリキャットの恐怖を否定できない。そんなものは幻だ、村人はみんな常識的にふるまう善人なのだとは言い切れない。

悪意は、在る。

ほら、ここに！

わたしのメリキャットのことを思いだすと、こんなに大人になったいまでも、自分が変わらず臆病なこと、いまでもあの子に苛立っていること、そして、すぐそばにその気配を感じ続けていることに気づく。善良なはずの自分の中に、虫唾が走るようななにかがずっと流れていたことを思い知り、ぞっとする。メリキャットはいつまでもお城で楽しく暮らしているだろうし、わたしたちはその外に立って、そんなものはこの世に最初っからないふりをして生きているのだ。

これこそ、本当の恐怖小説。本書『ずっとお城で暮らしてる』は、ちいさなかわいらしい町に住み、きれいな家の奥に欠落と過剰を隠した、すべての善人に読まれるべき、本の形をした怪物である。

（二〇〇七年八月）

『心のナイフ』

パトリック・ネス著／金原瑞人、樋渡正人訳

本書の下巻を読んでいるとき、あまりないことなのだが……本を床に置いて、一時間休んだ。べつのことをして、心が回復したと思ってから手を伸ばし、床から拾いあげてまた読み始めた。

あの瞬間、この本は確かにナイフだったと思う。

舞台は未来のどこかの星だ。その昔、ヨーロッパから新大陸アメリカに清教徒たちが船で移住したように、地球から宇宙船がやってきて、人々が暮らし始めた。しかし土着の生物であるスパクルと戦争になり、敵が使用した細菌兵器のせいで女だけが死に絶えてしまったらしい。主人公の少年トッドは町でもっとも年下の、最後の子供だ。細菌に感染すると思考を〈ノイズ〉として放出するようになるため、町には、大人の男がばらまく〝セックスの対象〟と〝敵と定めたもの〟についての〝煮え立ったシチューみたいなノイズ〟が

溢《あふ》れ返っている。

ある日、トッドは町外れの沼地で〝爆心地のような静寂〟を発見する。と、トッドはなぜかとつぜん大人達から追われる身となってしまう。どうやら町には、そして大人の世界には、少年に知られてはならない秘密が多々あったようなのだ。

育ての父ベンは、息子が欲しがっていた〝動物の骨でできた柄のナイフ〟を渡し、命を賭して町から逃がしてくれる。

そして、少年の行き先のわからぬ逃避行が始まった……。


著者パトリック・ネスは一九七一年、アメリカ、ヴァージニア州生まれ。二十八歳のときにイギリスに渡る。一般小説を二冊刊行した後、初めてのYA《ヤングアダルト》向け作品『混沌《カオス》の叫び』三部作を執筆。第一部である本書『心のナイフ』でガーディアン賞、ジェイムズ・ティプトリー・ジュニア賞、ブックトラスト・ティーンエイジ賞、第二部『問う者、答える者』でコスタ賞児童図書部門、第三部『人という怪物』でカーネギー賞を受賞する。また、夭折《ようせつ》した先輩YA作家シヴォーン・ダウドの創作メモを原案に完成させた『怪物はささやく』（池田真紀子訳・あすなろ書房）も、高い評価を受けているところだ。

読み方は人それぞれだと思うが、わたしは本書を、九・一一以降に書かれた新しい神話《ナイフ》の一つとして心に収めることにした。

なぜなら、エンターテイメント性の高いYA向けファンタジーとしてきっちり成立している一方で、この作品の中では、おどろくべきことに、もはや主人公でさえ、少年でさえ、無垢なままではいられないからだ。トッドは逃避行の中で、あまりにも過酷な罪と罰、善と悪の迷宮に放りこまれる。その迷宮っぷりは、まるで勢いよく回る洗濯機の中にいるように激しい。勧善懲悪の物語主人公でいることが許されず、トッドは辛い旅の中、敵と定められたキャラクターにだけではなく、自己の内にまで徐々に悪を発見していく。そして、その穢《けが》れとともに歩いていくほかはないのだ。著者ネスが描きだそうとする新しい混沌の世界で、最後まで無垢な存在でいることを赦《ゆる》されるのは、ちいさくて勇敢な犬マンチーだけ。少年がナイフとともに受け取った現実は、毒の如く苦い。

トッドは、ともに旅をすることになった少女ヴァイオラが、逃避行に疲れ、自分も穢れてしまったと慄《おのの》いているのを知ると、必死で励まそうとする。

「人はみんなどこか穢れているんだと思う。きっとぼくたちと同じだ。だから、そんなことをくよくよ悩んじゃいけない」

「大事なのは、そこから立ちなおることだと思う」

一方で、追手たる大人の男アーロンは、そんなトッドのなけなしの勇気を残酷に嘲笑《あざわら》ってみせた。

「少年はできもしない約束を口にする」

彼らが旅する〝新世界《ニュー・ワールド》〟には、正義の味方は存在しない。これさえ信じれば安心という絶対的な価値観ももうない。〝……でも、ね〟と著者ネスは語りかけてくる。〝怪物はいるんだよ。ほら振りかえって見てごらん〟と。

怪物、それは、おおきな権力を持ち、かつ己の正義を無邪気に信じ切る者達――かつての大人達のことではないか？

孤独な逃避行の途上で、トッドはたびたび、攻撃されたとき自分の身を守るためにナイフを使うかという選択を迫られる。そして自問し続ける。〝力で奪い返すものの中に真実はあるのか？〟〝自分もいつか怪物になってしまうのではないか？〟と。

この困難な問いの答えに、三部作の冒険を通じて、トッドは一歩、一歩、近づいていくのだろう。

わたしには、著者ネス自身もまた、物語を書き進めることで、少年とともに混沌の迷宮を彷徨い、傷だらけになって〝未来〟を探していると感じられてならなかった。悲嘆と絶望に満ちた地を、かすかな光に向かってよろめきながら進み、新しい希望の指針、これからの若者達が信じるべきなにか――正義、神話、善なるもの――について予言しようと、必死でもがいている、と。そして、荒い息遣いが耳のそばで聞こえるほど苦しげな戦い、そのあまりにも生々しいライブ感に、畏れを抱いた。

……さて。

少女ヴァイオラの父は、生前、娘をこう叱咤《しった》していた。


「前進あるのみ。内にこもるな、顔を上げろ」

そして少年トッドの育ての父ベンは、

「だが、いつだって希望はある。ふたりとも決して希望を捨てるな」

「おまえたちならきっとやれる」

と、勇気づけてくれた。
未来世界の、宇宙の果てのどこかの星で。トッド・ヒューイットの行く道は、わたしたちと同じ時空にいる著者パトリック・ネスの戦いでもあり、読者それぞれの心の旅でもある。だからこそ……。「前進あるのみ。顔を上げろ」「決して希望を捨てるな」という、死んでいった父親達の最後の声の残響に耳を澄ませつつ、少年の混沌とした歩みとその先の地平を、わたしたちも見ねばならないと思う。

（二〇一二年五月）

リレー読書日記

※本章は『週刊現代』に連載された四人による「リレー読書日記」（二〇〇七年八月～二〇〇八年八月）の中から、著者の評を抜粋したものです。

日本の〝異空間〟に足を運んで

おはようございます。はじめまして。今週から一年間、月に一回このコーナーを担当することになりました、桜庭一樹というものです。職業は小説家です。本屋さんに行きますと、『赤朽葉家《あかくちば》の伝説』という真っ赤な本と『青年のための読書クラブ』というミントグリーンの本、『少女七竈《ななかまど》と七人の可愛そうな大人』という漆黒の本、あと『桜庭一樹読書日記』という目に眩《まぶ》しいショッキングピンクの本などが並んでいます。おおきめの本屋さんならたぶんなにかしら平積みになっていることと思います。ちいさめの本屋さんでは、たいへんお手数ですが「現代作家五十音順／サ」か「国内エンターテイメント（もしくはミステリ）／サ」の棚にさりげなくささってますので、わたしを、探して……。女性ですが、たまに「男性作家／サ」にあることもあります。紛らわしい名前ですみません。

さて挨拶はここまでにして、読書日記を始めます。

ところで、このページを読んでる貴方《あなた》は、いきなりですが、男性ですか？　既婚者ですか？　奥様を愛してますか？　そして、不吉なことを言うようだけど奥様がとつぜん出《しゅっ》奔《ぽん》した場合（理由は、真面目《まじめ》な貴方にあきたらなくなり、イケメンの貴族と駆け落ちしたらしい）、たとえば、こういった選択肢は在り得るでしょうか？

「通りがかりの狐（野犬でも可）を妻の化身と思いこみ、屋敷に連れて帰って、飼う」

わたしは女性で、独身者で、ペットも飼わない（ダメ人間だから生き物の世話ができない）ので、よくわからないけど……男って、ほんと、ときどきヘンなことをおっぱじめるなぁ。エッ？　俺たちはそんなことしない？　どっかの国のヘンな貴族と一緒にしないでくれ？　いやごもっとも。

幕切れに奇怪な感動

『狐になった奥様』（ガーネット著／安藤貞雄訳・岩波文庫）は、一九二二年にイギリスで書かれた、デイヴィッド・ガーネットの処女作。

美人の奥様シルヴィアに出奔された真面目一方のテブリック氏は、森で拾った雌狐を愛妻の化身だと言い張って、「いきなり獣になってとまどう妻を献身的に介護する」という謎の一人遊びの殻に閉じこもってしまった。しかし当の狐は、テブリック氏が与えた愛妻のドレスをずたずたにし、兎を食い殺しては唸り声をあげ、森に帰らんと死んだ真似をして夫をだまそうとし、毎日、獣そのものの行動を繰り返してはテブリック氏を悲しませる。「しかし、妻は獣になってしまったのだ。妻のせいではないのだ。私はどうしても妻のうつくしい魂を救いたい」テブリック氏の奮闘空しく、狐のシルヴィアは森に帰ってしまい、暗い穴倉に住み、やがて野生の雄狐の子を宿した。テブリック氏はシルヴィアを人間らしい世界に取り戻すことを断念し、ついに、獣であるがままの〝愛妻〟を受けいれる。森に出かけていっては、子狐たちの世話を甲斐甲斐しく手伝うのだが……。

苦悩し続けるテブリック氏の独白に爆笑しながら読み進めたのだが、ラストシーン、狐狩りに興じる農夫に追われた狐のシルヴィアがコーン、コーン、コーンと鳴きながら野を駆け、屋敷に戻ってきてテブリック氏の胸にまっすぐ飛びこむところでは、思わぬアクションシーンで物語が幕切れになってしまった驚きと、奇怪な感動が胸に突き刺さり、さっきまでげらげら笑っていただけに獣の鉤爪《かぎづめ》で引っかかれたようにいつまでもいつまでも、胸が痛む。本を閉じた後も〝狐になった奥様〟のからだを引き裂いた無情な銃声が耳元でしばらく鳴り止まない。映画『明日に向って撃て！』のラストシーンの衝撃と、ちょっと余韻が似ている。

作者ガーネットは、祖父は大英博物館の図書部長、父は小説家、母はロシア文学翻訳者という文学の名門一家に育ったが、書物に関わる仕事を禁じられ（理由は不明）、王立科学院で植物学を勉強した。第一次世界大戦が勃発《ぼつぱつ》すると、良心的兵役拒否者として戦災者救済活動に加わった。思うところあったらしく、戦後はなぜか大英博物館の目と鼻の先で本屋を経営し始め、出版社も興し、ヴァージニア・ウルフやE・M・フォースターなど、自由主義的な知識人の集団「ブルームズベリー・グループ」のメンバーにもなった。処女作である本作でホーソーンデン賞を受賞。ほかに、恋人と口論した後、動物園の檻《おり》で見世物になる『動物園に入った男』、バッタの大群に襲撃される『バッタの襲来』、飛行機練習の日記『空を飛ぶ臆病者』、植民地建設にまつわる神話『ポカホンタス』など珍妙な作品をたくさん残した、尊敬すべき異才である。

この作品も、結婚とはなにか、女とは何者であるのか、とかいろんなテーマが隠されていて、読む人によってまったくちがう物語になる気がする。周りの人にさりげなく薦めて、感想を聞きたくなった。

路地裏の風景が

本屋さんに行って、平積みの本の中に気になる一冊があっても、きっといつか読むことになるだろうと安心して、なかなか手に取らないことがある。逆に、あっ、一期一会《いちごいちえ》だ、とピンときて、つかんでレジに走ることもある。『猫風船』（松山巖著・みすず書房）を買ったときは後者だった。ちょっと高い（薄いのに二四〇〇円もする。映画代より高いハードカバーを買うのは、いまだ気合いがいる）けど、ぜったいおもしろいぞ、と思ったので買った。

読んだ後は張り切り、この『猫風船』はわたしががんばって宣伝しちゃるぞー、と勝手に偉い人になったつもりで胸を張っていた。が、つい先日、朝日新聞の書評欄にドォォォーンと載っていた。それを見たら、こんどは、俺ごときが話題にしてもネェ……とすっかり卑屈な気持ちになってしまった。どうしよう……？

内容は、夕日が巨大な舌になって空がアカンベーをしている「アカンベー」から、乳房の形をした花「ヒトデナシ」が咲きほこる路地の風景、夕飯どき、カレーの匂いがすると走ってくるカレー好きの消防団など、主人公の前に立ち現れては消えていく路地裏の異空間を書き続けたショートショート集。日本の作家のあれとかこれとか言うより、バリー・ユアグローの『一人の男が飛行機から飛び降りる』とか、リディア・デイヴィスの『ほとんど記憶のない女』を思いだす。海外文学が好きな人は（自分もだけど）、ぐっとつかまれちゃうんじゃないかしらと思う。ではまた来月！

（二〇〇七年九月）

不思議な味わいの詩の世界へ

編集者と話していると、ときどき「どんな異性が好みですか?」という話題になる。いや、ときどきじゃない……。けっこうひんぱんにこの話題が出る。

そのたびにうまく答えられずに、話が盛り下がって、悪いなー、と常々、思っていた。でもいまこのページを読んでる貴方も、たとえば好みの異性を聞かれて「えーと、優しい人?」やら「家庭的で、どうのこうの」と適当なことを答えながらも、じつは自分でもピンときてないことが多いんじゃないだろうか。好みというのは、相手が食べたことのない料理や、見たことのない景色を説明するのにも似て、そうそう、簡潔に説明できないし、そうなると話も盛りあがりづらいものだ。

そうだ、今度その質問をされたら、本の話題にしてしまえばいい、と、先週『クレーン男』(ライナー・チムニク文・画/矢川澄子訳・パロル舎)を読んでいるとき急に思いついた。というのはこの本の主人公、クレーン男のことがたいへん、たいへん気に入ったからだ。

降り積もるような孤独

舞台は、ヨーロッパのとある牧歌的な田舎町。工業の発展にともなって、町の人たちはある日、荷箱や石炭を運ぶための立派なクレーンを一台、町に取り付けることにする。と、次第に出来上がっていく、見たこともない鉄塔の造形に魂を撃ちぬかれた、青年が一人。青い帽子がトレードマークの彼は、毎日クレーンを熱くみつめ続け、とうとう、町で一人だけの、クレーンを動かす専任の職人、クレーン男になる。その座を狙う青年たちが周りに落とし穴を掘ったために、彼はクレーンの上から降りられなくなり、友達に食料を運んでもらって、毎日、上空から町を見下ろしては働き続ける。

クレーン男とクレーンは一心同体となり、動物園の檻が壊れれば猛獣を捕まえ、泥棒団がくれば勇敢に撃退し、町を助ける。新聞に載り、かわいい乳搾り女たちにもうっとりされ、彼は次第に町の若者のサブカルスターになっていくが……。

この時点で、彼に釘付けである（人工物への並々ならぬ愛がちょっとヘンタイっぽく、およそ普通の人ではない）。釘付けになっているあいだに、さらに物語は進む。

工業都市として発展しつつあったちいさな町は、あるとき戦火に見舞われる。町は焼け、目の前で友も死に、誰もいなくなった後、堤防が決壊して、永遠のように広がる絶望の海がやってくる。

クレーン男は海上のクレーンの上で、一人ぼっち。魚を釣っては食べ、魚の油をとっては、大事なクレーンが腐らないように磨き続ける。

孤独。孤独。孤独。あるとき怪我をした迷い鷲《わし》を助けて、やがて無二の友となるが、あまりに長い時間はその友情をも壊してしまう。時間は愛の敵だ。互いに背を向け、口も利かずに過ごす、長く重苦しい〝クレーン内別居〟の日々。そうしてある日、ようやく戦争が終わった。不吉な軍艦の姿が消え、商船が増え、やがて再び堤防が作られて海水が引いていく。新しい町ができ、新しい人々がやってくる。彼らは、巨大な鉄の残骸、古いクレーンと、その上にいる奇怪な男の姿に驚く……。

物語そのものが、どっちに転がるのか、読んでも読んでもまったく想像できない。まさか戦争になるとは、まさか海になるとは、そしてまさかラストシーンが……こんなに、寂しいとは。こんなに感動してしまうとは。今度、編集者に「桜庭さん、好み、の、……」と質問されかけたら、すかさずこの本を投げ渡し、短いから（絵付きの大人用絵本で、絵を入れても一七〇ページしかないのに、内容は大河小説一七〇〇ページぐらいの謎の濃密さ）パッと読んでもらって、あーでもないこーでもないと議論してみようか、と思った。

なにしろ見たことのない景色が広がり、体験したことのない孤独が降り積もるような本だし、そこから、自分の新しい作品の話になるかもしれない。

この本でもう一つ、寂しいけど気に入ったのは、解説がぜんぜんついていないことだ。海外文学を読んでぐっとくると、どういう国でどんな育ち方をした人が、なにを考えて書いたのか知りたいと思って舐めるように熱心に解説を読むのだけれど、どこの国の誰のどんな本なのかわからず、その〝小説〟そのものだけを堪能《たんのう》してドカーンと放りだされて終わるのが、もしかして、本来の純粋なる読書なのかもしれない。

著者ライナー・チムニクは一九三〇年、現ポーランド領である上部シュレジエン地方ボイテン生まれ。ミュンヘン在住。わかるのはそれだけ。訳者矢川澄子は作家、詩人、翻訳家で、澁澤龍彦の最初の妻だった人だ。

亡夫に捧げる詩

昨年亡くなった詩人、茨木のり子の最後の詩集『歳月』（花神社）を読んだ。

彼女は夫に先立たれてからの三十一年間に、夫婦をテーマにした四十編近い詩を書き溜めていたが、生きているあいだは公表しないと語っていたという。亡き夫のイニシャル「Y」と書かれた無印良品のクラフトボックスに、推敲が済んで清書された詩と草稿のノートなどを保管していた。甥が発見し、編集者の尽力によって、一周忌にあわせて今年出版されたのがこの本である。

夫婦の夜を二匹の獣に喩《たと》え、なじみの穴ぐらに、寝乱れの獣の抜け毛を散らせる艶《なまめ》かしい人妻が、夫に先立たれた途端、一人になったら人間に戻ってしまったと子供のようにキヨトンとする様。一人の男を通してたくさんの異性に会い、優しさ、こわさ、弱々しさ、強さ、だめさ加減、ずるさなど、男という生き物のすべてを見せてもらったのだ、と、ともに過ごした日々の豊かさを指折り数えて微笑む、そのかわいらしさ。亡き夫のお気に入りのレインコートを、いつか羽織って、さっそうと自分も往くのだ、往くのだ、と夢見るように語る姿は、もうとうに老女であるはずなのに、女学生が教室でこっそり書いた詩のように甘く弾んでいる。

読み進めるうち、なぜだか、佐々木丸美の小説とシンクロし始めて不思議な気持ちになった。佐々木丸美のリリカルで詩的で、それでいて妙に哲学的な独特の文章を、なんだかはずかしい、という人もいる。でもわたしは、少女時代の日記のようで昔から大好きなのだ。少女は、ぐるっと一回りして、老いてまた少女に戻るのだろうか。わたしも、老いていく女の端くれ。年を取りつつ確かめてみたい。

（二〇〇七年九月）

どこかに郷愁が漂う〝秋の読書〟

年に六回は海外に渡航する、という筋金入りの旅病みの友人がいる。わたしはまったく旅に興味がないのだけれど、何年か前、一度だけ、彼女の誘いで「誘拐的旅行」（？）につきあったことがある。行き先を教えられないまま、パスポートと着替えだけ持って空港で待ち合わせる、というおかしな旅行で、朝、原稿を入稿して、眠い目をこすりながらトランクをガラガラ引きずって出かけた。謎の行き先は、プーケットだった。

そんな、ただの妙な偶然で訪れた南の島で四泊し、帰りのこと。プーケット空港でパスポートを差しだしたら、係員のタイ人女性に、

「オー！」

と、叫ばれた。

「オー！　オー！　……セイム、バースディ！」

自分の顔を指差している。同じ誕生日だよ、と言いたいらしい。ああそう、と思ってい

ると流暢《りゅうちょう》な英語で弾丸トークされた。旅病みの友人の通訳によると、誕生日だけではなく、歳《とし》も一緒――つまり彼女とわたしは、タイと日本で全く同じ日に生まれたのだ。

空港は混んでいて、長くは話せずその女性の前から離れた。ふりむくと、向こうもこっちを見ていた。もう一度見ると、また向こうもふりかえっていた。

それきりなので、この話はこれで終わりである。どんな人でどんな人生を歩んでいるのかは永遠にわからない。人生にそれなりの共通点があったのかも、距離と同じに、かけ離れていたのかも。

歴史に残らない一家の記憶

『丁家《ていけ》の人びと』（丁如霞《ティンルーシア》著／和多田進聞き書き・バジリコ）は、一九四六年に上海で生まれた一人の女性、丁さんの家族の歴史を、一九四五年に日本で生まれた男性、和多田さんが〝聞き書き〟した、分厚い本である。北海道で生まれ、東京の大学に進学し、卒業後は出版に関わる仕事に就いて現在にいたるという和多田さんが、共産党政権の建国、文化大革命、天安門事件といった激動の歴史を体験してきた丁さんの話を、粘り強く聞いては活字に落としていく。

麻雀牌を入れる引き出しがついた紅木のテーブル。漆喰の壁に塗料で描かれたうつくしい青い花模様。お茶碗に盛った白米にラードをのせて塩をふった、幼い頃のおやつ……。通い始めた学校では、級友を批判できる子供は「是非分明《シーフエイフエンミン》」と評価され、誰のことも悪く言わない子は「是非不分明《シーフエイブフエンミン》」と糾弾《きゅうだん》された。図書館で『アンナ・カレーニナ』や『紅楼夢』に読みふけった。文化大革命後、家族は突然ばらばらになった。母が、一人香港に逃れた父に送った手紙には「夫婦本是同林鳥、大難来之各自飛」（夫婦は同じ林の鳥だが、大きな災難が降りかかったときはそれぞれが飛び立ってもよい）と書かれていた。

丁さんは大人になると教職に就いた。やがて娘を中国に残し、夫と共に日本に留学したが、ニュース映像を通じて天安門事件を知る。この直後、両親を追って日本に渡り、苦労して学業に励んだという丁さんの娘が、わたしと歳が近い……。

表紙に使用されているうつくしい絵は、丁家の「成子」――過去帳のようなもので、先祖の名前のほかに肖像画も描かれている。紅衛兵を怖れ、簞笥《たんす》の奥にずっと隠し持っていたものだ。

歴史に残る一家の記録ではないけれど、それだけにじわじわ迫ってくるものがある。聞き書きを行った和多田さんは〝同世代の丁さんを通じて、自分の生き様をよく考えたかった〟と語る。わたしも興味深く読んだけれど、四〇年代に生まれた人にとくに薦めてみたい本だなぁ、と思った。

ミステリ界の伝説的兄貴

『猿猴《えんこう》 川に死す』（森下雨村著・平凡社ライブラリー）は釣り文学の最高傑作……らしい。じつは〝釣り文学〟というジャンルがあることを、この本を手に取って初めて知った。へミングウェイ、開高健なども書いていて、そういえばそうとは知らずにいろいろ読んでいた……。最近だと、ブローティガンの『アメリカの鱒釣り』と、浅暮三文の『ペートリ・ハイル！ あるいは妻を騙して釣りに行く方法』を読んだ。前者はアメリカ各地を舞台に、鱒釣りを共通キーワードにした短編小説集で、後者は浅暮さん本人が奥さんの目を盗んではスタコラ釣りに行くエッセイ集です。

……と、それはともかく。著者の森下雨村は『新青年』の初代編集長、江戸川乱歩の発掘者、またコリンズの『月長石』やクロフツの『樽』など海外作品の翻訳でも知られた、ミステリ界の伝説的兄貴。しかし五十代で突如引退、郷里の四国にUターンし、以降は筆名通りの（？）晴釣雨読の生活を続けた。

雨村の訳文は知らない間にあれこれ読んでいるはずだけれど、随筆は今回初めて読んだ。ともかく、表題作の「猿猴 川に死す」がものすごくおもしろい。釣り仲間の猿猴こと横畠さんが、釣りに出かけて川で事故死した事件を巡る随筆だが、「死んだと聞いて初めは病気だろうと思った。あの男が川で死ぬはずがない」とミステリ仕立てに始まり、事故の描写から、彼との出会い、見事な釣りっぷりの回想に流れていく。最後は「彼らしい死に方であった」と一応は納得しつつも、友の死をあきらめきれぬ、優しい人のあいまいな悲しさが揺れている。

ほかの随筆からは、雄大な自然と豊穣な恵み、鮎、アマゴ、山女《やまめ》などがあまりにも豊かに在ることが生き生きと伝わってくる。しかし解説によると、田園の農薬や、ダム建設、林の伐採などによって、いまではそこも変わってしまったらしい。本書を読むと、半世紀も前の四国の山奥で、〝昔の川〟がきらめきながらサラサラ音を立てて流れ、岩魚《いわな》が跳ねる、永遠のような銀色の光が幻視できる。

それから、学生時代の愛読書で、最近ようやく復刊された『船を建てる』〈上・下〉（鈴木志保著・秋田書店）をみつけたのでもんどりうって買い、部屋の隅でじっくり読んだ。牡アシカの〝コーヒー〟はニューメキシコからカンサスに向かう旅の途中で〝煙草〟と出会い、無二の親友になる。二人の夢は金を稼ぎ、いつの日か南部で農場を持つことだ。だが、ある日コーヒーが不思議な病にかかってしまい……。という、登場人物がなぜか全員アシカのアメリカン・ニュー・シネマっぽい作品。「アシカは孤独な生き物なのよ」という色っぽい牝アシカの台詞《せりふ》が、脳内で映画『パリ、テキサス』のナスターシャ・キンスキーの声に自動変換されて、ジワリときた。ではまた来月……。

（二〇〇七年一〇月）

マイノリティの文化を味わう一冊

この読書日記の担当編集者、T君と、わたしの『別冊文藝春秋』担当者のM君は大学の同級生である（小島よしおと広末涼子もいたらしい）。先々月、『週刊現代』をぱらぱらめくりながら、そのM君が「さ、桜庭さん。読書日記でこんなに自分の本を宣伝して、T君に怒られませんでした？」「えっ。いや、一回しか会ったことないから、怒られなかった。でも何回か会ってたら、叩かれたかも……」「フーン」と、こんなような会話があった。

それで、わたしが一体なにを言いたいかというと、その『別冊文藝春秋』で連載していた「私の男」の単行本が刊行されたので、よかったら書店で、手に取ってみてくださいい……。父と娘の逃避行の物語です。

新刊といえばだけど、ここ何年か、新刊が出るたびに韓国や台湾からの翻訳オファーがくるようになった。日本の小説は人気があるらしく、こないだも出版社のパーティで、肉など食べていてはっと顔を上げたら、翻訳エージェント（なぜか女性が多い）にぐるり囲まれていた。

わたしはハートウォーミングな話は一切書かないので、近くて非常に遠いはずの儒教の国で、若者たちにどんなふうに読まれるのかと、見本が届いてからふと心配になることがある。でも日本以外は外国だし（当たり前）、自分だって海外文学が大好きで、訪れたこともなく歴史も宗教もなにもかも違う国の小説をどんどん摂取している。それなのに自分の作品のことは不安に思う、というのはオカシナコトかもしれない。

作家の「確かな力」

『ある秘密』（フィリップ・グランベール著／野崎歓訳・新潮社）は、一九四八年、パリで生まれた作家の自伝的作品。幼い頃から、いわゆる〝空想の友達〟として、自分よりハンサムで力強い兄を夢想してきた主人公は、大人になるにつれ、それがただの空想の産物ではなく、実在した強大な死者だったことに気づき始める。父には、母の前に先妻がおり、ホロコーストの最中に、先妻と、その女が産んだ息子、つまり主人公の腹違いの兄を亡くしていた。死者の存在は現在の家族を、闇色をした喪《も》のヴェールのように覆いつくし、主人公は生まれたときから〝呪われていた〟。

あらかじめ呪われた〝血の人形〟たる主人公が、意を決し、探偵小説さながらに過去を探っていく道程が恐ろしい。歴史と、個人。輝く過去と、喪失の衝撃をただ揺り返しているような、沈黙の現在。過去の象徴としての兄は眩しく、喪のヴェールが産着《うぶぎ》であった著者自身は、けっしてそういう少年にはなれない。著者が「この本を書いて、私は自分が本当に孤児になったと感じました」と語る本書は、二〇〇四年「高校生が選ぶゴンクール賞」に選ばれ、フランスでベストセラーになった。時間を越えて、国境を越えて、海を越えて確かに届いた呪いの一冊で、わたしもとても気に入った。

『アメリカにいる、きみ』（C・N・アディーチェ著／くぼたのぞみ訳・河出書房新社）は、一転してとても若い作家の作品。一九七七年、ナイジェリア南部で生まれ、十九歳でアメリカに渡ったイボ族の女性が、二十代後半から書いた短編小説集。チママンダ、という彼女のファーストネームは「わたしの神は倒れない」という意味で、その名が力を与えたのか、一読して、若くて強い。アメリカに渡ったナイジェリア人青年が、女性のバス運転手にほのかな恋をする「ここでは女の人がバスを運転する」が、もっとも弱くて、気に入った。いちばん最後に収録されている「ママ・ンクウの神さま」は、イボ族の父と英国人の母を持つ女性文学者が、仲のよい女子学生から問われるままに、父方の祖母の思い出を語るお話。主人公は子供の頃から英語とイボ語の両方を話し、祖母は〝目に見える神さま〟と〝目に見えない神さま〟を持っていた。植民地化によってハイブリッド化されたイボ族の宗教や文化について、実は同性愛者であるらしい主人公が、白人の女子学生への恋心を隠しながら語るという複雑な構成が、びっくりするほどさらさらりと、それでいてウイットに富んだ筆致で描かれる。とても頭のいい作家だ、と感じた。わたしはじつは、もうちょっと頭悪いけど本能的な小説のほうが好みなのだけれど、好みと違うのにここまでグイグイ引っぱられて楽しく読めたのは、この小説と作家の確かな力だなー、と思う。

快楽を伴う落下感

『ケイト・モス　美しく呪われし者』(ブランドン・ハースト&ビヴァリー・メイソン著／天野智美訳・ブルース・インターアクションズ)は、一目で怪しい、スーパーモデルの暴露本。「グラマゾン」と呼ばれるゴージャスな大人の女性が尊ばれた八〇年代を経て、九〇年代初頭にケイト・モスが突然、痩せ細った体とけだるく拗《す》ねたような顔で登場。ドラッグを連想させる病的で死の気配に満ちた表情を「ヘロイン・シック」と揶揄《やゆ》され、十二歳の家出少女に見えてしまう体を「拒食症や児童虐待、小児愛的ファンタジーを助長する」と批判されながらも、彼女のファッション写真は世界中に溢れ、またたくまに時代を塗り替えてしまった。あの頃、なぜ、こんなにも空虚な顔面が時代のイコンとなったのか。わたしたち大衆はなぜ“SEX, DRUGS AND A ROCK CHICK”な彼女の写真を、それこそドラッグのように毎日毎日、ポスターやファッション誌の中に求め続けたのか。わたしたちの欲望の謎、時代の謎について論じられていて興味深い。

ケイト・モスは、巨大なイコンでありながら、無意味に永続的な、時代のただのノイズだったようにも思える。まったく美人ではなく、表情は不安げで、貧相な体は肉をこそぎとられている。奪われ続けた子供。永遠に大人にはなれない。わたしたちの貧しさの象徴（まるでナボコフ『ロリータ』の新訳みたいな世界観……）。特別好きではないはずなのに、雑誌をめくって彼女の写真が出てくると、不思議と、目が離せなくなる。ブラックホールにずるずる吸いこまれるような、快楽を伴う落下感がやってくる。実際にコカイン常習者である彼女の、ヘロイン・シックな顔に鏡像のように映った、わたしたちの空虚で病的で現代的な横顔。

後半は、実は平凡な一個人であるケイトのプライバシーについて長く割《さ》かれていて、あまり興味が持てないけれど、それでもノイズは残響のように続く。ではまた来月……。

（二〇〇七年一一月）

〝恐怖の深奥〟を極める二冊を堪能

子供の頃から海外文学が好きだったけれど、大人になるにつれ〝翻訳〟というものが気になってきた。きっかけはなんだったか……近所の本屋で『夜と霧』の新訳と旧訳が並べてあって、なんでかな、と首をかしげた瞬間だったかもしれないし、子供の頃に読んだ『嵐が丘』を久しぶりに読み返したらぜんっぜん雰囲気が違って、おかしいと思って古い翻訳のほうを読んだら、「あ、こっちがわたしのワザリング・ハイツだった。あった、あった」と安心した、あの時だったかもしれない。ちなみに『夜と霧』を二冊並べた理由は、「旧訳には写真がついてるんですよねー」とのことだった（書店員さんに直接聞いてみた）。

翻訳によってこんなに違うんだ、あの本のあの世界に会えたのは、翻訳のおかげもあったんだ、と驚愕《きょうがく》したのは、『嵐が丘』もだけれど、ナボコフの『ロリータ』新訳を読んだときが顕著だった。今風のだらしなくて寂しい喋り方をする大胆な新訳によって、もう何十年も夢の住人だったロリータ、美しい死人のようなあの子が、突然、少女ドロレスの生々しい顔を覗かせて驚かせたのだ。最初、ひっくり返って、その後、あぁようやく会えた、やっと本人が姿を現したぞ、と思った。

その新訳を手がけた若島正氏によるロリータ論『ロリータ、ロリータ、ロリータ』（作品社）がさすがに、べらぼうに面白い。さらに意外なことに、ミステリ的にも面白い。なにげなく買って、ぱらぱらめくり始めたものの、寝食を忘れて夢中で読んだ。チェス・プロブレムの創作家でもあったナボコフが、小説内に張り巡らせた罠について、詰将棋の達人でもある著者が説き明かす最初の章は、難解すぎて飛ばし読みした（ごめんなさい……）けれど、続く章からは、中年男ハンバートと少女ロリータの出会いを劇的にするために使われたミスディレクションの数々が論じられて興味深い。

謎の設定の数々を

下宿先を探してヘイズ夫人の家を訪れたハンバートに、夫人は「私とローの二人暮らし」と語る。そこを黒人女中が通りかかったので、ハンバートはロー＝女中と思いこみ、娘（ロリータ）の存在に気づかない。そこでさらに、夫人が女中に「わかったわ、ルイーズ」と声をかける。英語の綴りで見るとＬｏ《ロー》とＬｏｕｉｓｅ《ルイーズ》が似ているため、読者もハンバートと共に勘違いしてしまう。また、ナボコフはロリータ登場の前に様々なヒントをハンバート(と読者)に提示する。若島氏の計算によると、それは六個のアイテムである。①チェストの上のテニスボール②暖炉のそばに転がる林檎の芯③椅子の上のぼろぼろの映画雑誌④バスルームに疑問符のように貼りついた長い髪⑤床に落ちた白靴下⑥果物鉢の中でつやつや光るプラムの種……。この家に〝少女〟が生息する痕跡を、ハンバートの目だけがカメラワークのように捉え、読者に提示していく方法を、E・A・ポーの「盗まれた手紙」に似た戦略だ、などと論じてくれるので、読みながら思わず、ミステリファンとしての尻尾をちぎれんばかりに振ってしまう。

さらに、ついつい読み流してしまう『ロリータ』序文に、恐ろしい真相が隠されていたことも教えてくれる。「スキラー夫人が北西部最果ての入植地で出産中に亡くなり、生まれた女児も死亡した」件について短く書かれているのだが、物語を最後まで読むと、スキラー夫人=大人になったロリータだと判明する。しかし、その頃には多くの読者は序文のことを忘れている。読者がロリータの本当の運命を知るのは、さて、再読しようと、二度目に本を開いたその瞬間なのだ……!

このほかにもナボコフが創った様々なトラップが紹介されていて、この本を読むと『ロリータ』が終わりのないゲームを仕掛けてくる蠢く迷宮のように感じられる。一冊の小説の前で、世界中の読者がみんなして途方に暮れる感じが、三回繰り返してみせる、という本書のタイトルによーく表れていると思った。

『幽霊』（イーディス・ウォートン著／薗田美和子、山田晴子訳・作品社）は一八六二年、ニューヨークの富豪の家に生まれた女性作家による珠玉のゴシック小説集。上流社会を批判的に描いた『歓楽の家』でベストセラー作家となった彼女が、〝すべての「幽霊を感じるひと《ゴーストフィーラー》」のために〟描くゴーストストーリーは、当時の風俗や女性の抑圧された生活から生まれる怪奇現象を扱いながらも、驚くほど古びず、二十一世紀にもなったいま読んでも、まっさらに面白い。祈りのポーズのまま、恐怖の表情に凍りついた公爵夫人の彫像の謎を解く「祈りの公爵夫人」と、老いて耄碌《もうろく》したかつてのパーティガールをシニカルに描いた「ホルバインにならって」が素晴らしい。買おうかどうしようか迷って、二ヵ月ほど本屋で素通りし続けていたが、買ってよかった！　と自分を褒めたい（？）一冊。

地獄を覗いた画家の筆

表紙からして怖すぎる、『怖い絵』（中野京子著・朝日出版社）は、古今東西の呪われた名画とその慟哭《どうこく》の背景を紹介する恐怖の一冊。たとえば、舞台で踊るバレリーナと彼女を見守る黒服の男を描いたドガの「エトワール、または舞台の踊り子」は、いま見るとなんということもない絵で、近所の喫茶店にでも複製画が飾ってありそうだが、当時の踊り子の社会的立場や運命などを解説されると、皮肉をこめて描かれた、不気味な絵に思えてくる。「我が子を喰らうサトゥルヌス」は、庶民を題材に明るい風俗を描いて人気画家となったスペインの画家ゴヤが、ナポレオン侵攻によって凄まじい風景を見続けた後、別荘にこもり、家中の壁に描き続けた地獄のような絵の一枚。ギリシア、ローマ神話の時を司る神サトゥルヌスは、母と息子の間から生まれ、長じて父を大鎌で殺し神々の上に君臨した。その父に「おまえもまた息子に殺されるだろう」と言い残されたため、妹との間にできた五人の子を、恐怖に駆られてつぎつぎ喰らった……。同じ題材でも、ルーベンスが描くサトゥルヌスが冷徹な政治家の顔をしているのに対し、地獄を見たゴヤが別荘の台所の壁いっぱいに描いたこの絵は、まさにすべてを壊し、人々に血と喪失をもたらし、自らも恐怖に駆られながら去ってゆく、ゴヤが目撃した悪夢のような「時」そのものの真っ黒な姿！恐怖いが、素晴らしくもあって、いつまでも目が離せない。ではまた来月……。

（二〇〇八年一月）

「作品の生命」と「作家の幸せ」を思う

一身上の都合＊（？）で、いまちょっとばたばたしている。電話線を引っこ抜いて、床に寝転んで、大長編小説を読んだりするのもしばしばおあずけ（二段組七〇〇ページの『ラナーク　四巻からなる伝記』を、思い切って買ったばかりだけど。帯には「ダンテ＋カフカ＋ジョイス＋オーウェル＋ブレイク＋キャロル＋α……」「超弩級百科全書的ノヴェル」という怪しげな惹句《じゃっく》が。書評もあちこちで出てるし、気になる……）。

こういうときは、切れ切れの時間でも読める短編小説を読もうと、先週辺りから、暇をみつけては、部屋の積み本をガサゴソ漁《あさ》っている。……奥のほうからよくわからないものがいろいろ出てくる。

いつどこで買ったのかトンと憶《おぼ》えていない『ジェイン・オースティンの読書会』（カレン・ジョイ・ファウラー著／矢倉尚子訳・白水社）は、短編ではないけれど、六人の男女が、オースティンの六冊の著書をもとに開いた、六回の読書会の模様を描いた連作形式の物語で、昨年、映画化になったらしい。『自負と偏見』『エマ』『マンスフィールド・パーク』などの作品がいまだに頻繁に映画化される、人気作家オースティンが、ある読者にとっては〝生涯結婚しなかったあの人〟、ある読者にとっては〝でも彼女は喜劇の天才よ！〟などと、多面性がありながら共通の友人のように親しみやすい存在なのだということがよくわかる。物語は、読書会の議論によって読み解かれ、またひっくり返されるオースティン論と、メンバーそれぞれの、オースティンの小説さながらの人間模様（&恋愛模様）が器用に詰めこまれて混線しながら進んでいき、楽しい。

解説によると、この読書会なるものは、日本で想像するところの「偉い先生を講師に招いて……」とか「外国語の原書を皆で読み解いて……」といった難しいものじゃなくて、気軽な社交サークルとして特に女性に人気なのだという。誰かの部屋に集まって、日替わりでリーダーを決めて、コーヒーとお菓子でも出して、一冊の本についてワイワイと論じあう。図書館に集まったり、書店で行うときもあるらしい。

誤読も読書の醍醐味

自分の経験でいちばん近いのは……と記憶を掘り起こしてみると、去年ＮＨＫの番組

「週刊ブックレビュー」のレビュアーとして呼んでもらったことがあって、うーん、それかもしれない。司会者二人、ゲスト三人の計五人で、ゲストが持ち寄ったお薦め本について論じあうんだけど、難解な議論ではなく和気藹々《あいあい》としていて、お菓子があったらついつまんでしまいそうな感じだった。

とはいえ、あらかじめ用意してきた論は言葉にできても、人の論を聞いてそれについて話す、という即興性は自分にぜんぜんなくて、あぁ、わたしは「対話」という知の場に慣れてないのだなー、と反省しながら帰ってきた。

読書は多様性があるべきだし、誤読も読書の醍醐味。誤解をおそれずにいえば誤解されるのもまた作家の仕事のうちだ。だから、死後もこうして、街の片隅の読書会で、よってたかって解体され咀嚼《そしやく》され食い散らされ再構成されて姿を変えていくジェイン・オースティンを、幸せな作家だなーと思った。

著者のカレン・ジョイ・ファウラーは実はSF短編作家で、二〇〇四年に『私が見なかったもの』でネビュラ賞を受賞している。一方で、SF読者じゃないと真相（ヒロインが実はエイリアン）に気づかないというへんな長編小説『セーラ・キャナリー』も書いている。本書も、ごく普通の、読書会を巡る恋模様の物語に見せかけつつ、よく考えてみると語り手が妙だ。私たち、私たち、私たち、と一人称で語り続けているが、六人のうちの誰がその〝私〟なるものなのかが、結局最後までわからない。語り手、という概念そのものにSF的な仕掛けがあるのかも。神。死んだジェイン。読者そのもの。それともまたエイリアンか？　ちょっと、一筋縄でいかないへんな作家の〝異臭〟がする。

〝私家版〟が評判に

『さみしいネコ』（早川良一郎著・みすず書房）は、一九一九年に東京で生まれ、旧制麻布中学に通い、戦後は経団連事務局で定年まで勤めあげた著者によるエッセイ集。五十を過ぎてから、趣味のパイプについて、日々の生活について、定年後の人生について書き、私家版として本にしたところ評判になり、日本エッセイスト・クラブ賞を受賞。改めて出版された。

群れることを好まず、趣味に生き、定年後の人生も充実してはいたが、どこかに寂しさがあることも隠さない。かつてはたくさんいたが、いまはもう絶滅危惧種となってしまった〝洒脱な老紳士〟なるものが本の中から照れ半分に語りかけてきて、心打たれる。わたしも父が定年を迎えていることもあって、読みながらいろいろと考えた。

定年の寂しさを、開拓民とともに満州に渡ったものの孤独から精神を病んだ飼い猫にたとえた「さみしいネコ」が、上手い。パイプを愛《いと》おしそうに撫でて見事な艶を出す、同好の士の手元をじっと見ながら、（この人の奥さんは美しい肌の人だろう）と想像する「土曜の午後……」が、エロい。ドイツ文学者でゲーテやカフカの翻訳をしている池内紀《おさむ》氏が、この早川氏のエッセイを非常に気に入り、復刊に尽力され、本書の編集にも関わっている。おかげで読めた。感謝したい。

『燃えるスカートの少女』（エイミー・ベンダー著・角川文庫）は、一九六九年生まれの女性作家による現代アメリカ文学。翻訳者の管《すが》啓次郎氏が、たまたま入ったホノルルの本屋で立ち読みしたところ、すごくよかったので日本に紹介したという（余談だけど、復刊物や海外文学は、誰かがみつけて出版してくれないと読めないので、こういうエピソードを聞くとひやっとする）。

ちいさくて閉鎖的な町に、火の手をもつ少女と、氷の手をもつ少女が住んでいた。手を繋いだときだけつかのま中和される、二人の「火」と「氷」の属性――ミュータントの悲しみを描いた「癒す人」がおもしろい。ヒヒになり、サンショウウオになり……と、逆進化する病にかかり、一日につき生物の歴史を百万年ずつ遡《さかのぼ》っていく恋人との生活「思い出す人」と、図書館司書の発狂「どうかおしずかに」も興味深い。サンリオＳＦ文庫みたいな感じ。ではまた来月……。

（二〇〇八年二月）

＊『私の男』で直木賞を受賞した。

多忙な日々に〝一石二鳥〟の読書法を会得

一身上の都合で、まだまだ忙しい。

こんなに大変なことになるとわかっていたら……と過去をふりかえって、のんびりコタツ亀になって本を読んでいる過去の自分に「ちょっとは手伝ってくれ！」と頼みたい。しかもこんなときに限って、シャンプーが切れたり、トイレットペーパーがあと一巻きの半分を残すところだったり、コンタクトの洗浄液がなくなったり、出かける間際にパウダーファンデーションを床に落として粉々に割ったりしている。ばかめ……。もしもタイムマシンがあったら、一ヵ月ちょっと前の自分に、備品の買い溜めをアドバイスしたい。

ところで、コタツ亀というのはわたしの造語で、一人用の小型コタツにうつ伏せに潜って、胴体を真ん中にして、後ろから両足を、前から両腕を出した亀ポーズで、ひたすら本を読むことを指しています。執筆活動でガチガチになった腰と背中に遠赤外線を当てながら、眉間《みけん》にしわを寄せ、夜中までぎっちり読書。……本当に、いま書きながら、過去の自分に「なにをのんびりしてるんだ、ちょっとは手伝え、あと、できることは早めにやっておいてくれっ、机の上にゲラが溜まっているのが見えないのかっ」と説教したい。

……と、そんな中、ここ一ヵ月ほどなにを読んでいたのかというと、積み本の奥に溜まっていた短編集がほとんどだ。

わたしはどちらかというと長編小説のほうが好きなので、ある作家をすごく好きになってフィーバーがかかっても、やっぱり長編から順番に読み進めてしまう。書くときも長編のほうが好きなのだけれど、最近「短編を書くことで基礎力がつく」というアドバイスを受けたので、もっと上手になりたいので、短編もしっかり書こう、その前にもっと読まなくては、と考えたのだ。

あと、短編集だと切れ切れの時間に一、二本ずつ読めるので、こういうばたばたしているときにはちょうどいい、というのもある。一石二鳥。

よい解説のおかげで

と、そんな生活を一ヵ月続けた中で、とくにすごいと思ったのが、表題作が川端康成文学賞を受賞した『枯葉の中の青い炎』(辻原登著・新潮文庫)。近所の本屋さんで最近、文学賞フェアを開催中で、自分の本『私の男』と一緒に並んでいたのだ。

短編が六本収録されていて、一本目の「ちょっと歪んだわたしのブローチ」がまず、すごい。静かに幸福な生活を送る夫婦の、夫が、とつぜん「一ヵ月だけ愛人の家に住む」と宣言する。夫、妻、愛人の三人がじわじわと変化していく様が、日本の小説離れしていて、なんというか、こう、「海外女流作家綺譚集」みたいなアンソロジー集に「くじ」や「黄色い壁紙」と一緒に並んでいそうな……いや、ちょっとちがうか……つまり海外文学風で、かつ女流作家的な気がする。と、一人でモジモジしていたら、全部読み終わってから目を通した鴻巣友季子さんの解説に「マルケスやナボコフ、ときにはカルヴィーノを彷彿《ほうふつ》とさせ」「異郷の香りがする」とあり、かつポーやレ・ファニュなどうれしくなるような名前も挙がっていたので、心底ほっとした。わたしもそう思ったんだよー。

表題作には、サモア語で「物語作者大酋長」を意味する「ル・アリィイ・ツシタラ」という謎の語り部が登場するが、これが実は『ジキル博士とハイド氏』の作者スティーヴンソンだったり、野球選手スタルヒンや作家の中島敦が登場する、青い魔法を巡るお話——なのだけれど、説明するのがすごく難しい。一読したとき「?」となって、鴻巣さんの解説に助けられてもう一回読んだら、とってもよかった。解説のおかげで理解できたのは去年のプリースト『双生児』（解説は大森望さん）以来で、なんだか読者としては情けないのでしょげながらだけど、よい解説であります……。

それと、もともと大好きな村田喜代子さんの短編集『鯉浄土』（講談社）も、とってもよかった。銭湯に「体の不自由な妹を風呂に入れ、体を洗ってやりたい」と電話してきた若い男。番台の女は承諾し、兄妹を待つが、いつまで経っても現れない。その後、なんと二十五年ものあいだ、同じ電話がかかり続ける。男の声は年々老いていくが、妹の年齢はいつ聞いても「十一です」。女は、妹の存在を今はもう信じていない。幼い妹を洗いたがる、男の歪んだ欲望だけが銭湯の湯に幻のように漂い続ける……「二十五年の妹」が超すごい。脳梗塞で倒れた、老いたる大工の棟梁《とうりょう》が、通販で購入した辞書付き漢字電卓で「目カラ火ガ出ル」「地獄耳」「手枷足枷」「鮫肌」「血ノ涙」「骨ノ髄マデシャブル」と身体を使った言葉を引いてはノートに書き付ける「惨惨たる身体」もしみじみ怖い。表題作「鯉浄土」は、病を得た夫に滋養をつけさせるため、鯉コクを作ろうとして町をさ迷う妻の物語。一キロの鯉に、同量の、つまり一キロの牛蒡《ごぼう》。味噌と茶殻と葱、生姜、胡麻油。大鍋で煮られる鯉は、夫に命を与えるのか、奪うのか。物語の最後になって魔女の鍋の如くぐつぐつ音を立て始め、読み終わってまた怖くなる。満足、満足の一冊。

「私」の物語として

それから、カフカの『田舎医者』をアニメーションにしたのを確か有楽町で上映していたはずで、観たかったのに忘れてて逃しちゃったので、それをさらに絵本にした『カフカ田舎医者』（山村浩二文／絵・プチグラパブリッシング）をみつけて買ってきた。

十六キロも離れた村の重病患者のため、雪の中を出かけようとする医者。荷車はあるが、馬は前の夜に死んでしまった。医者は女中を犠牲にし、馬を借りてついに走りだすが……。一九六四年生まれのアニメーション作家山村氏は、あとがきで「いつ終わるとも分からない吹雪の世の中に、赤ん坊の様に裸で彷徨い出た、もしくは出されてしまった医者と、美しい傷を持って生まれた少年の寓話には、不透明な現代に生きる自分にとって大変感じ入るものがあった」と書いている。そんなふうに読んだことがなかったのだけれど、こうやって一度この見知らぬ人のフィルターを通して読み直すと、なるほど、同時代の人々とともに、吹雪の世の中をずっと歩いている、ほかならぬ「私」の物語として再読できる。こういうのもっと読みたいなー。

ではまた来月ー……。

（二〇〇八年三月）

〝違法なひっくり返し〟の企み

一山越えた……ようで、どっこい越えない。

〈ちょっと静かになったころ、テレビに映る→観た人からインタビュー依頼がくる〉という連鎖が続いてる気がする。携帯電話の電池がすぐなくなる。五月発売の小説があって、受賞直後にゲラが届いたんだけど、まだ読めていない（そろそろまずい……）。

そんな中、昨日は、Ｗｅｂで連載中の「読書日記」の二冊目も夏頃に刊行するらしいので、校正者に送るために、中で取りあげた本を部屋中歩き回って探していた。

部屋中といっても、大学生仕様のワンルームに住んでるのでけっこう狭いのだけれど、本の置き場が足りないので「クローゼットの床と服の間」とか「台所の上の棚」とか「靴箱の空きスペース」とか「冷蔵庫と天井の間」にばらばらに押しこんであって、探すとなると、どの本もまったく出てくる気配がない。読書日記を一冊にまとめるときにこうなることは予《あらかじ》めわかってるのだから、ひとところにまとめておけばいいのに、どうしてわたしはいつもこうなんだ……。と、モサモサと悩みながらしばし探した後、あきらめてコタツに潜り、本を一冊読んで、もう逃避して寝た。

それで今朝、起きた。

探すことにあきたので、まずこのリレー読書日記の原稿を書いて、ゲラを読んで、それから改めて本探しを仕切りなおそうと思う。

緻密なプロットで

と、そういう状況の中、最近読んだのが、キャロル・オコンネルの『クリスマスに少女は還る』（務台夏子訳・創元推理文庫）。二〇〇〇年版の「このミステリーがすごい！」海外編六位の作品で「……まだ読んでなかったのか！」とミステリファンの人たちに頭をはたかれそうだけれど、うっかり見落としてた……。

手に取った理由はというと、ちょっと前に講談社の単行本編集部の部長に、同じ著者の女刑事『マロリー』シリーズがおもしろいという話をしたところ、部長が翌週、本屋さんに買いに行き、「『マロリー』シリーズも一冊買ったけど、読みきり作品の『クリスマスに少女は還る』も手に取ったらおもしろそうだったから、いっしょに買った」と連絡してきた。アッ、わたしそれ読んでない！　負けず嫌いなので「先に読まなくちゃ！」とあわてて近所の本屋に飛びこんだ、というわけだ。

クリスマスに近いある日、二人の少女が町から消えた。十五年前、同じ町で起こった少女惨殺事件とよく似た状況。昔の事件で双子の妹を殺された過去を持つ若い刑事が、捜査に乗りだす。犯人は同一人物なのか？　二人の少女は救いだせるのか？　一方、監禁された少女たち、副知事の娘でお嬢様のグウェンと、B級ホラー好きの庶民サディーは、二人で力を合わせて脱出方法を探り始める……！

文庫にして約六〇〇ページの距離を、緻密なプロットを積みあげ、マラソンランナーを思わせる安定したスピードで走り続けた著者が、ラストスパートになって、ビックリするような方法で物語をひっくり返す。あぁ、この違法なひっくり返しのために、ここまでの合法的なプロットがあったんだ、とビリビリきた……。少女たちの〝生き延びるための戦い〟というテーマも、この本を自分がいままで読み落としていたのが信じられないぐらい好みだった。

これのちょっと前に読んだのが『焼身』（宮内勝典著・集英社）。一九六三年、政府に抗議するため路上で焼身自殺をしたベトナム僧がいた。空のガソリン容器が転がり、炎が背丈の二倍まで吹きあがる中、僧は蓮華座《れんげざ》を組み、両掌を膝の上に重ねて泰然と座っていた。この様子を撮った報道写真は世界中を駆け巡った。しかし、彼はいったい何者だったのか？

著者はベトナムを旅し、一枚の写真によってのみ世界中に知られる謎の僧の、真実の姿を探す。ベトナムの庶民の間で、死後、伝説の英雄となった彼は、生前どのような思想を持っていたのか。なぜ焼身という手段を選んだか。独りで決めたことなのか。知恵を貸した人物は誰か。その人物はまだ生きているか。〝突然の焼身〟はなぜ多数の報道カメラに囲まれることが可能だったか。その結果、彼の死はベトナム政府にどのような影響を与えたか。

昔、ミステリを読まないという人から「まず読み方がわからない」と言われたことがあった。なるほどと思いつつ、自分はその逆で、一度ミステリの読み方を覚えたら、どんな物語からも「謎解き」の要素をみつけては、猟犬のように真相を追いかけてしまう。この本も読みながら、僧の真実を追う探偵たる著者の後を、ワンワン吠えながら追う気持ちになった。

著者が僧を追う理由は、それによって自分の真実の姿を知りたいからだと思う。それを読んでいる読者もまた、いつのまにか一緒に走らされて、それぞれの、自分の真実を追わされている気になってくる。とても不穏な、よい読書だった。

百点満点のタイトル

あと、いつどこで買ったのか思いだせないけれど、積み本の奥に『わたしは驢馬《ろば》に乗って下着をうりにゆきたい』（鴨居羊子著・ちくま文庫）があったので引っ張りだしてきて、風呂にて読んだ。これ、タイトルがすごく素敵なんだよなぁ。百点。

鴨居さんは一九二五年大阪生まれ。読売新聞の記者をしていたが、ある日突然仕事をやめて、女性向け下着のデザイナーとして独立した。女性の下着はかくあるべき、という規範からあまりにも自由な、キラキラしたおもちゃみたいな下着をつぎつぎにつくって世間を仰天させた。わたしには、リカちゃん人形で遊んでた女の子がそのまま大人になって、デザインしたかわいい下着に思えるけれど、当時はアバンギャルドで反社会的なパフォーマンスと捉えられたらしい。

テレビをつければ、ピーチ・ジョンのキラめく下着をつけた女の子たちのCMがあっけらかんと流れる、今、鴨居さんを鴨居さんたらしめていた「かわいい」と「キラキラ」は薄まって世の中に広まって〝普通〟になったわけで、それはつまりは時を経て勝ったということなのだろうけれど、驢馬に乗ったおかしな下着うり、故鴨居羊子さんはそんなことはまったく気にしないような気もする。

しかしこの〝女の子〟が、よく考えてみると自分の祖母とそう変わらない世代だというのに、ビックリした。
ではまた来月……。

（二〇〇八年四月）

今は亡き名女優の「語り」に酔う

本屋大賞のパーティに行ってきた。大賞は伊坂幸太郎さんの『ゴールデンスランバー』でした。書店員さんの熱気がすごかった！　近藤史恵さんと万城目《まきめ》学さんもこられてたので、会場でいろいろお話ししました。

それで読書のほうはというと、大坪砂男の短編集『天狗』（国書刊行会）を気に入って、部屋や風呂や電車の中で喜んで読んでいた。

近所の本屋さんの国内ミステリコーナーで平積みになってたので、なにげなく手に取ったのがきっかけだ。最近、昔の傑作の復刊本が多いので、これもそうだとばかり思っていたのだけれど、奥付をよく見たら一九九三年初版とあった。新刊ではないし、映画化もされていないし、ということは、この本を個人的に気に入ってる書店員さんがいて、こっそり平積みにしていたにちがいない。感謝。

些細なことから、よく知らない若い女を恨み、奇想天外な物理トリックで復讐を企てる男の内面を描いた表題作「天狗」が、もう凄い。人を逆恨みする主人公のかなり極端な思考が、自然と理解でき、主人公の内面に寄り添いながら読んでしまい、最後の復讐シーンでは罪悪感をともなう甘い爽快感がある。帯の惹句に書かれた〈論理による叙情〉そのまま、主人公の心理描写と、ガッチリした物理トリックが、なぜだか不協和音にならずに綺麗に収まり、真似できない個性になっていて「……おぉー」と感嘆の溜息が漏れた。都筑道夫氏の解説に「極端ないいかたをすれば、『天狗』一篇で、大坪砂男は残るだろう」とあり、風呂で読んでいたので、顎と水面でバッシャバッシャ音を立てながらうなずいた。

ほかの収録作も、三人の女性が同じ日に不審な死を遂げ、怪談かと思ったらとつぜん物凄い物理トリックが顔を出す「三月十三日午前二時」、滝壺が出てきて全国のホームズ・ファンを落ち着かなくさせる、探偵作家クラブ賞受賞作「私刑《リンチ》」など、どれを読んでも面白い。ミステリファンの人を捕まえてこの本の話をしたくてたまらないが、周りの誰に話しかけても、九〇年代半ばに読んだ人ばかりで「えっ、それ、いま読んでるのー」と温度差があり、孤独だ。

……まだこの本の話を続けると（ぎりぎりまで続けたいぐらい気に入っている）、著者のプロフィールも面白い。大坪氏の父は日本鉱物学界の大物で、東大教授、八幡製鉄所長官などを歴任。息子の砂男氏は「シャーロック・ホームズになりたくて」警視庁の鑑識課員になり、イギリス生地の背広を着てエジプト煙草を吹かしては、煙草をくわえたままましゃべる練習をしていた。一九三二（昭和七）年に起きた「玉の井のばらばら事件」では、最初にみつかった男の片腕を鑑識した。あと谷崎潤一郎の家に居候していたこともあり、潤一郎と佐藤春夫の「細君譲渡事件」でなぜか緩衝材役を務めたらしい。へんなの。小説も面白いが本人も面白い人だったのかもしれない。

著者本人の面白さ

本人も面白い、といえば、最近気に入って追いかけているのが、一昨年亡くなった女優、岸田今日子の小説。女優としての強烈な存在感と、世代の違いが心理的なネックになってか、かの人は小説もなかなか上手い、という評判を聞いているのにしばらく手が伸びなかったのだけれど、つい先日、試しに一冊読んだら途端に止まらなくなった。長編小説よりもショートショート集のほうが自分好みのようで、その中でも、東京創元社の担当氏に貸してもらった『大人にしてあげた小さなお話』（大和書房）が、リリカルでいながら猛毒注意の怪作揃いで、気に入った。

「長靴をはいた猫」の末裔《まつえい》たる美形の牡猫との短い結婚生活について、暖炉の前で語って聞かせる風変わりな女性を描いた「暖炉の前できいた話」。「シンデレラ」の家庭を、原作ではあまりに存在感の薄い父親を中心にして、血と暴力にまみれた現代の筆で語り直した「セニスィエンタの家」。どれを読んでも、短いお話なのに、まんじりともしないで朝まで眠れなくなるような、こちらの精神の限界を軽々と飛び越えてくる怖さ。中でも「七匹の仔山羊」を、連続殺人現場で一人だけ生き残った被害者のストックホルム症候群の物語に換骨奪胎《かんこつだったい》した「七匹目の仔山羊」が、怖いよー！ なんというか、石井隆の映画みたいな読後感。うぅ、仔山羊に勝手に「名美」と名づけたい。混乱。でもやっぱり、小説家・岸田今日子は凄《すげ》ぇ人だったと再興奮した。

父と娘の謎めく関係

本屋をぶらぶらしていたら『インセスト　アナイス・ニンの愛の日記【無削除版】1932~1934』（アナイス・ニン著／杉崎和子編訳・彩流社）が隅っこで平積みになっていたので、あっ、日本でも出たんだ、たいへんだ、と思って反射的に買った。

アナイス・ニンは一九〇三年フランス生まれ。十一歳から「私の親友」「分身」と呼ぶ膨大な量の日記を書き続け、出版されると多くの女性に愛読された。彼女の死後、関係者への配慮から削除されていた部分も含めた【無削除版】が出版された。作家ヘンリー・ミラーとその妻ジューンとの三角関係に言及した一巻『ヘンリー&ジューン』はベストセラーになり映画化もされた。その続編である本書は、アナイスと音楽家であった実の父ホアキン・ニンとの近親相姦を告白した日記で、これもまた刊行当初かなり話題になった。

父ホアキンの写真を見ると、繊細で女性的な美貌《びぼう》で、まるで女性が……というか、親子だから似ていて当然だと思うけれど、アナイス自身が男装して、父のふりをして写っているかのようで、戸惑う。読みながら、作家の日記をどこまで信じてよいのだろうか、と考える。アナイスとホアキンの物語は、アナイスの心象風景なのか。それとも本当に起こったことなのか。もう一回、二人の写真を見る。わからない。

アナイスが日記を書き始めたのは、幼い頃に家族を捨てた父に向けた手紙としてだった、とも言われている。無数の鏡だけがある、ちいさな部屋と、その王国の主たる孤独な少女を想像する。アナイス・ニンの日記は晩年までの六十年以上にわたって書き続けられた、膨大な質と量の、貴重な「〝父の娘〟という稀代の謎」かもしれん。ちいさな謎だがだれにもとけない。ではまた来月……。


（二〇〇八年五月）

「仕事」が切り口の歴史の書

そろそろ新刊が出るので、どうも落ち着かない。

わたしは、本を出してもなかなか売れなかった時期が長いので、新刊が出るとなると、喜びつつも、絶版になったらいやだなぁとふと考えてしまう。売れない本というのは倉庫に山となっていて、ある日、断裁されて古紙パルプになる。それがもしティッシュやトイレットペーパーに転生していて、知らずに自分で使ってしまったら、と想像すると、もう、なにもかもが怖ろしい。ちょっと前に競馬の騎手さんが「万一のことを思うと馬刺しはぜったい食べられませんね」と語っていたけれど、その気持ちはよーくわかる。作家もまた、おちおち鼻もかめないしお尻も拭けない人種なのだ。

……そりゃ考えすぎだろ、と作家仲間から後で言われそうな気がしてきた。閑話休題。いや、閑話休題しなくてよかった。先日、近所の書店をぶらぶらしていたら（いつもぶらぶらしている）、「紀伊國屋書店文庫復刊フェア」コーナーがあったので足を止めた。どの本にもオレンジ色の帯がかかっており、「読ミガエル名作」というコピーと、読書するカエルの絵が書いてあった。二重ニ駄洒落ダ。やるなー。創業八十周年を記念して社員からリクエストを募り、版元にかけあって四十タイトルの文庫を復刊したフェアらしい。で、この棚でみつけた復刊本（古紙パルプからの復活！）を紹介しようと思っていたのだ。

短編小説の極意

『南の島の魔法の話』（安房直子著・講談社文庫）を手に取ったのは、装画が味戸ケイコだったからだ。この人は、やはり長らく絶版になっていて、昨年相次いで復刊された作家、佐々木丸美の作品の装画も手がけている。佐々木丸美は少女時代に愛読していたので、書店でこの絵を見ると、からだが勝手に動いて手に取ってしまうのだ。

安房直子は一九四三年東京生まれ。大学在学中から児童文学を書いており、野間児童文芸賞など数々の賞を受賞した。

この本の最初に収録されている短編「鳥」が、まずすごい。立ち読みして、「これは買わんといかん」とあわててレジに向かった。

「耳にひみつが飛びこんできた。取りだしてください」と叫びながら、耳鼻科にやってきた少女。「ひみつ？」医者が覗きこむと、少女の耳の穴には青い海が広がり、真っ白な鳥が羽を休めていた……。パステル画を思わせる独特の情緒と、単純にして無駄のない、見事な伏線。思わず「技あり！」と審判のように叫んでしまいたくなる巧《うま》さ。

ききょうで指を青く染め、その指で四角をつくって向こうを覗くと、失ったものが視《み》える……きつねに化かされたことから過去と邂逅《かいこう》した男を描く「きつねの窓」も、面白い。オレンジ色の水を縄跳びに一滴、垂らしてから跳ぶと、次第に辺りがオレンジ色になり、不思議な夕日の国に行ける……読みながら次第に自分の周囲まで染まっていくような気さえする「夕日の国」は、水をくれた不思議な女の子の設定も〝あたらしいビルの十五階の美容院にいる〟〝「クレオパトラ美容院」〟〝名前は咲子〟と、センス炸裂。

これぞ短編小説、どれも無駄なくうつくしい。著作はほかにもたくさんあるけれど、多くが絶版のようで残念だった。こんど図書館で探してみようと思う。

それから、書店の普段はあまり立ちどまらない棚の前を通りかかったとき、たまたまみつけた『悪党《ピカロ》が行く　ピカレスク文学を読む』（鹿島茂著・角川選書）が面白そうだったので、買った。

わたしは昔から、カミュの『カリギュラ』とか、ブレヒトの『三文オペラ』、塩野七生の『チェーザレ・ボルジア　あるいは優雅なる冷酷』など、悪人が活躍する話がなぜだか好きなので、その嗜好の謎を解く鍵がみつかるかもしれない、と思ったのだ。

この本の中では、バルザックの『人間喜劇』シリーズに出てくる悪党ヴォートランや、モリエールの『ドン・ジュアン』の主人公で女たらしのドン・ジュアンなどを例にとって、彼らが読者を魅了する理由を読み解こうとしている。

普通の人間は、偽善の気持ちから、これは悪いことじゃないと内心でごまかしつつ悪事に流れたりするところ、悪党は明確に自覚してそれを行う。だから彼らの行動は、人々の偽信仰、偽善への警告となるのだ、というところにどきっとした。確かに、物語に出てくる悪党はバッサバッサと善人役の偽善をなぎ倒しては猛進していく。それを読みながら快感を感じているのは、己の内にある「偽善を憎むまっすぐな心」であって、ということは、悪党が登場する小説が三度の飯より好きな自分は、じつのところ、ごく良識的な真面目人間だったのかも知れず、合点《がてん》は行きつつすこしさみしい（悪ぶりたい……）。

意想外の仕事が続々

なぜか部屋の積み本の山にあった『図説「最悪」の仕事の歴史』（トニー・ロビンソン著／日暮雅通、林啓恵訳・原書房）が急に気になって、引っ張り出して読んだ。これは、無名の人々にスポットを当てることで歴史を別の形で浮き彫りにしよう、という意図で英国のテレビ局が制作した番組を本にまとめたもの。ローマ時代から始まり、ヴィクトリア時代までの様々な重労働について書かれており、番組では人気俳優のロビンソン自身が実際にその仕事にトライしたという。

中でもおどろくのが、ローマ時代の「反吐《へど》収集人」。貴族の饗宴では、客たちが食べるために吐き、吐くために食べていたため、床に吐瀉物《としゃぶつ》が溢れていたのだ。そして中世になると、戦いに赴く騎士に随行する「武具甲冑《かっちゅう》従者」がいた。騎士は一日中甲冑を身につけているため、夜に脱ぐと、汗、血、糞尿で中がドロドロだった。従者は翌日に備え、水は使えないので研磨剤で汚れを落とした。この手入れによって、翌日の主人の生死が左右されたという。

チューダー王朝になると、市場に「魚売り女」が現れ、男勝りに酒を飲み、煙草を吸い、悪態をつきながら働いた。ついには、社会規範を破っていると、裁判所から〝がみがみ女〟という判決を受け、顔面用貞操帯をつけられたという!?

様々な重労働の紹介とともに、英国の歴史についてもわかりやすく説明されていて、確かに〝強《したた》かな弱者〟から見た裏の歴史が読み取れる本かもしれないと思った。ではまた来月……。

（二〇〇八年六月）

圧倒される二人の作家の短編を貪り読んで

去年か一昨年だったと思うけど、近所の本屋をぷらぷら流していたら、海外文学コーナーの平台で「ノーベル文学賞受賞！」の帯をみつけて足を止めた。確かオルハン・パムクってトルコの作家さんだったと思う。「へー、読んでみようかな」と思ったものの、どの本の帯にも同じコピーが書かれていて、迷った。

「わかりづらいなぁ、おい。で、どれが〝ノーベル文学賞受賞作〟……？」

わからないまま二冊、『わたしの名は紅《あか》』と『雪』というのを買って、帰り道、ふと気づいた。

「あれって作品じゃなくて、人にあげる賞だったかも」

歩きながら徐々に顔が赤くなっていった（恥ずかしかった。人に聞く前に自分で気づいて本当によかった）、そんな、秋の夕暮れ。

でもよく考えてみると、外国の文学賞って、ブッカー賞とかはよく聞くし、帯に最終候補作とあって手に取ることも多い。ジャンル小説だと、ミステリならエドガー賞、ＳＦならヒューゴー賞とかがある。けど、ノーベル文学賞って誰が獲ったか毎年知らないし、案外読まないものだなぁ……。

作家それぞれちがう声が

てなことを思いだしながら、先週『老首長の国　ドリス・レッシング　アフリカ小説集』（青柳伸子訳・作品社）を買った。二〇〇七年にノーベル文学賞を受賞した著者による受賞作、じゃなくて短編集。今年は迷わなかった。フフ。

著者は一九一九年生まれの白人女性。五歳から三十歳までを南ローデシア（現ジンバブエ）で過ごした。本書は〝名前もわからぬ幻影や祖先の霊、木や獣の幽霊だらけのブッシュ〟に暮らす現地人と、異国でイギリス式の生活を送り、現地人を〝ちょっとばかり哀れを誘う子どものように思〟っている白人という、二つの相容れない世界を舞台に書いた、すぐれた短編集。

先祖伝来の国を追われた老首長と、彼らを追いだす白人農場主。しかし農場主の幼い娘は、老首長の中に太古からの父性を幻視して強く慕う……。「老首長ムシュランガ」は、静かな筆致なのに、読む者の胸に深い余韻と手ひどい傷を残す。

農場主の妻の手によって疫病から救われた少年テンビは、彼女から感じた母性の光から逃れられない。そして十数年後、危険な犯罪者となって農場に帰ってきた……。「リトル・テンビ」も、残酷で、静かな物語。テンビの人生も農場主の妻の生活もまだまだ続くのに、でも、ここしかないという瞬間でぶっつり終わっていて、なんかものすごい短編小説。

白人女性の目から見た、前世紀半ばのアフリカ。

ちょうどそろそろ、河出書房新社の世界文学全集から、ナイジェリア生まれのヨルバ族の作家チュツオーラによる怪作『やし酒飲み』が出たところだと思うので、一緒に読んだらおもしろいかもしれない。幽霊だらけのアフリカのブッシュの奥から、ドリスのとはまったくちがう声が聞こえてくるだろう。

それから、しばらく前に読んだイアン・マキューアンの『贖罪』（新潮文庫）がすごくよかったので、その後、彼の作品を狂ったように追いかけていた。『アムステルダム』『愛の続き』『土曜日』と、新潮社から出ている新しめの作品をあらかた読んだころ。某社の編集さんと話していたら、

「マキューアンは昔、早川書房から変態作家として売り出されてましたねぇ」

と言うので「え、変態!?」とあわてて本屋に走った。

それでみつけた『最初の恋、最後の儀式』（宮脇孝雄訳・早川書房）は、なんというか、最悪で最凶のデビュー作品集。一九六四年、イギリスのイースト・アングリア大学が、高名な作家を二人教授に迎えた。アメリカの大学にはあるがイギリスには当時なかった、小説の創作教室を始めようとしたのだ。準備万端整え、七〇年に教室はスタートしたが、なぜか学生がぜんぜん集まらない。一人もこない。がっかりしていたところ、夏の終わりに、イアン・マキューアンという学生がふらっとやってきた。

教授たちはこのヒッピー風の長髪の青年に飛びかかり、二人がかりで文学理論を教えた。学生は一年に二十本もの短編を書いて応えた。それがこのデビュー短編集の収録作なのだ。

誰よりも早く大人の仲間入りを果たしたくて、ぼくは妹を誘惑してみる……近親相姦をポップに描いた「自家調達《おうちでエッチ》」。「自由なんか大嫌いだ」「もう一度、一歳の赤ん坊になりたい」と語る青年の、奇怪な生い立ちを巡る物語「押入れ男は語る」は、なんでもつるっとまとめちゃうテレビのコメンテーターを押入れに閉じこめて無理やり読ませちゃいたい、棘々《とげとげ》だらけの裏返しのリアリティ。どれも野蛮で乱暴で、後に『贖罪』を書かせたものの源泉が、水面に浮く汚れた油みたいにギラギラしている。こりゃすごい。

この後、マキューアンはイギリスを代表する作家に成長していく。彼が第一回の、そして一人ぼっちの学生だった創作教室もまた、以後、カズオ・イシグロなどたくさんの学生を新進作家として世に送りだすことになった。

〝読む〟ことと〝創造〟と

わたし自身には小説の先生はいなくて、読者と編集者に鍛えられてきたわけだけれど、こんな先生がいたらなぁと思ったのが『北村薫の創作表現講義　あなたを読む、わたしを書く』（新潮選書）。学生を前にした小説についての講義を、文章に起こして一冊にまとめたもの。

書くことについて、想像を創造に繋げることについてなどわかりやすく説明した後、若い歌人を招いて学生たちにインタビューさせ、それをもとに記事を書かせる。それを添削し、文章で伝えるという行為を実体験させる。編集者との対談、学生との質疑応答も。

いちばん「いいなぁ」と思ったのが、〝読むというのは、自分がどういうところに立っているか——自分の位置を示す行為に外なりません。／我々は、書くことによって《わたし》を示します。同時に《あなた》を読むことによってもまた、《わたし》を表現するのです〟というところ。

読むことは一方的にサービスを受ける行為じゃなくて、どう読むかは読者それぞれの〝創造〟の力に託されてる。小説は作者ではなく、読者のもの。書かれた後は、あなたの作品はわたしたちの大地である。わたしも、これからも、転げまわるように自由に読みたいな。ではまた来月……。

（二〇〇八年七月）

トゥマッチな〝ワンダーランド〟の面白さ

外国の文化に憧れる。その文化なるものが古ければ古いほど、楽しい。二十世紀初頭のヨーロッパを舞台にした本を書いてるときは、資料を読みながら、あれこれ想像しては黙ってにやにやしていた。

そういえば、英国を舞台にしたゴシック的な物語を書いて名を残した作家――わたしが大好きなディクスン・カーも、E・A・ポーも、じつはアメリカ生まれの男の子たちだった。ヨーロッパ文化に憧れて、大人になってから海を渡っていって、書いたから、英国生まれの作家が成すゴシック物よりもいい意味で芝居がかってて演出も過多で、いま読んでもむやみに素敵だ。

日本を舞台にした物語でも、SF作家のウィリアム・ギブスンが書いたり、タランティーノが撮る〝東京〟は、「なにを念写したのー!?」と唖然とするような、男の子の不思議ワールドで、あのトゥマッチさはわたし、好きだな。

既視感と逆の感覚が

さて。メキシコ生まれで北京育ちの女の子から見た〝京都〟は、どんな街だったか？〝舞妓〟なる文化を、自己の内にどのように念写したか？『ｋｏｍｏｍｏ』（荻野ＮＡＯ之写真／小桃語り・講談社インターナショナル）は、現役の芸妓として初めてＨＰを立ちあげた小糸さんの元に、北京から一通のメールが届くところから始まる。どうも歴史小説を読み漁ってるらしき、日本人の女の子。父の仕事の都合で海外に暮らし、日本の文化に強い興味を持っている。二年後、彼女は体験入門のために京都にやってきた。

本書は、小桃さんが北京で暮らす中学生時代から（分厚い紺色の服を着て自転車通学する姿の、なんと、北京らしい……気がする……ことよ！）、海を渡って京都にやってきて、舞妓となり、修業を積んで、迷いながらも前進して、芸妓として一本立ちするまでの九年間を撮り続けた、ドキュメンタリータッチの写真集だ。

日本の文化を知ろうとする小桃さんにとって、舞妓修業は伝統芸能の継承であって、そこは苦界《くがい》ではなくなんと文化のワンダーランドだ。粘り強く、好奇心も旺盛《おうせい》。伝統だからと鵜呑《うの》みにするのでなく、なぜそうなのか考え、頭と体の両方で吸収しようとする。そして六年が経ち年季が明けると、両親との約束もあり花街から一度は去ろうとする。「他にも興味のあることをやってみよう」「英語の勉強のために留学をするとか」「民俗学の研究をするとか」「大学に進学するとか」と考えるが、結局は芸妓の道を選択し、そこから急にプロフェッショナルになっていく。

仕込み時代に一度だけ音《ね》を上げたという小桃さんが、京都の街に咲いた満開の桜を見上げて「すてき！　すてき！　北京には桜がないんですよ！」とはしゃぎながら、「花」として生きることを悟る、というシーンが興味深い。彼女を追い続けた写真家の荻野氏もメキシコ育ちの帰国子女。一冊丸ごと、海外の映像作家が撮った日本を見ているような、不思議な……えぇと、既視感の逆で……「知らないよ」という感覚……で、巨大な疑問符ごと読者をつかんで放さない。

わたしも外国を舞台に、トゥマッチなワンダーランドを書いてみたいな、と思った。「こんなのちがう」とか言われるのを恐れずに。文化は主観。念ずることで、それぞれの胸に咲く桜の花のようなものだ。

「絶対好きだから、『奇跡の石塚《ケルン》』だけでも読んで！」

と、渡されたクリストファー・プリーストの短編集『限りなき夏』（古沢嘉通編訳・国書刊行会）。どちらにしろ好きな作家だから読もうと思ってたけど、そう言われると気になるので、もらってすぐに開いた。オォォ……！　確かにすごく好きだった。

凍結者と呼ばれる正体不明の者たちが、徒《いたずら》に選んだ人びとに武器を向け、活人画にして凍結させてしまう……。街のあちこちに、永遠の一瞬で凍らされた恋人たちや、親子や、独り者が漂っている……。表題作「限りなき夏」は、ＳＦ設定だけれど、通り魔や人災事故などの悲劇であふれる、自分が暮らす街と重なって、とても今日的に感じられる世界観。凍結させられながら、再び逢えるときを待つ主人公と恋人の姿は、大好きだったＳＦ少女漫画を彷彿とさせてうれしい。時を超えることによって切なさが増す、タイムトラベル初恋小説「青ざめた逍遥」。ネタバレしたくないからなにも言いたくないけど、とにかく予言されたとおり好きだった「奇跡の石塚」。とにかくおもしろい。いい短編集。

小説という毒を浴びよう

一九六〇年オーストラリア生まれの女流作家マーゴ・ラナガンによる第二短編集『ブラックジュース』（佐田千織訳・河出書房新社）は、とにかく一本目の「沈んでいく姉さんを送る歌」が両手で頭を抱える奇怪な一品。

ぼくの姉さんが結婚した。でもすぐ夫を殺して、死刑になることに決まった。村の外れの真っ黒なタール池に沈められる刑だ。ぼくたち家族は、執行の朝、ゆっくりゆっくりと沈んでいく姉さんを送るために池に行き、みんなで歌い、ご馳走を食べて最期の時を過ごす。族長や夫の遺族、村人たちが目を光らせる中、かあさんは、さっきから、密かに狙っている。姉さんがタール池に沈みこむ直前に射殺してあげようと。だってゆっくりと窒息していくのは苦しいから。ぼくたちは歌いながら、銃を手に、その時を、待つ……。世界幻想文学大賞受賞の怪作は、読んだらタールの夢に魘《うな》されること必至。でもその黒い池、わたしもうっかり沈んでるので、安心して同じ悪夢に入ってきてください……。

そのほかに、真ん中に入ってる「俗世の働き手」もいい。悪臭を放ち、チーズを食べては金の粒を吐き、腕はなくて翼の先に鉤爪がついている……ほとんど死神といえる奇怪な姿の〝天使〟がやってきて、おれを支配し続けたじいちゃんとばあちゃんを連れていった。ようやくおれはこの家を出て、町に行き、立派な〝俗世の働き手〟になれるのだ……。

ご挨拶！　一年のお約束だったので、リレー読書日記は今月で最終回ですー。書籍で『桜庭一樹読書日記』が出てたり、Ｗｅｂ連載もあるのでよかったらそちらでまた再会をば。みんなで小説という毒を浴びてもっとずっと悪い人間になろう！　ではまたどこかでー。

（二〇〇八年八月）

書評

『むかし僕が死んだ家』

東野圭吾

楽しく読んで、でも、読み終わったとたんに少しずつ心から流れ出して、やがて忘れてしまう本もある。読んだ本の、自分にとっての本当の本当の価値は、読後五年、十年経ったときに初めてわかるような気がします。そして青春と呼ばれる時期に、忘れられない重たい読書をすることは大事なことだったなぁ、などと、大人になったいま日々しみじみと。幼いころの記憶がないという幼馴染の女のために主人公が訪れた、〝封印された幻の家〟。そこで蘇った恐るべき記憶とは……。

あまりに見事に回収されていく伏線と、立ち現れた重たい真相。「――私はやはり、私以外の誰でもないのだと信じて、これからも生きていこうと思います」ラストシーン、主人公に届いた幼馴染からの短い手紙。一つの青春の終わりであるこのエピローグにたどり着いたとき、一読者である自分の心についた血の滲む傷は、この本を読んでから八年が過ぎたいまも鮮やかなままです。

（二〇〇五年一二月）

答え、答え、世界の答えはどこだ。

『二十歳の原点』高野悦子

その昔、中学生だったころ、わたしは青々として青かった。といっても月代《さかやき》を剃っていたわけではない。女だし。心のありようが、ありえないぐらいさえざえと青かったのだ。自分だけではなく、周りの女子もみんな似たような生き物だった。心の月代を青々と、わたしたち女子は集まってアイドルや洋服やテレビ番組の話をしながら、そのじつひとりになったら「人間とは」「世界とは」「至高の愛とは」「受験どうしよう、もう三年生だ」などと、胃が穴だらけの水玉模様になるほど朝から晩までやたら悩んでいた。

月代の友といえば、図書室だった。答えは書物の中にあると信じて日々読みまくっていたのだが、ある日、読んだ本に（書名は忘れた）〝書物にあるのは問いだけ。答えは自分でみつけろ〟と書いてあったので、親や先生に怒られるよりもずっと、その一行の毒に落ちこんだ。見えない誰かの目に、見透かされていた。大人の目だ。それでも毎日、本を読んだ。どうして自分は生まれてきたの？　どのような女性に成長すればいいの？　おはなしの中にあるような、誰かと愛しあったり理解しあうような日が、本当にくるの？——世界は増殖する問いに満ちていて、だけど答えは自分の中にも書物の中にも学校生活の中にも、ぜんぜんなかった。もしかして、この世に答えなんてないのかもしれない、と大人になったいまなら思うけれど、あのころはガキなので半狂乱だった。答え、答え、世界の答えはどこだ。

そのころ、月代を輝かせてわたしが読み漁ったのはたとえば、ヘッセの『知と愛』、モームの『雨』、カミュの『カリギュラ』。……思い出が青すぎて、土砂降りの夜の運転の如く前も見えないが、もう少しがんばって思い出してみると、その中心、青い爆心地にあり、いまも燦然《さんぜん》とわたしの月代を照らす一冊が、なんといっても高野悦子『二十歳の原点』（新潮文庫）である。あぁ、ようやくメインテーマにたどりついた（と、月代に浮かんだ冷汗を拭きながら）。

この著者は、一九四九（昭和二十四）年に生まれて六九（四十四）年に亡くなった、一人の大学生である。学生運動の時代に立命館大学に通い、授業を受け、レストランでアルバイトをし、年上の男に片思いして一喜一憂したり、デモに参加したり、頭のいい女友達と喫茶店で議論したりしていた、本当にごく普通の二十歳の女子大生だ。

彼女は友人からも明るい普通の子と思われていたようだが、毎晩日記帳に長い青い日記を書き連ねていた。それがこの本だ。

〝姉は日大の紛争で、弟は受験体制の中で、独占資本というものの壁にぶちあたっている。現在の私を捉えている感情は不安という感情である。〟

〝やたらに人に、本当の姿をみせちゃいけないヨ。人はすぐそれにつけあがるからネ。〟

〝真実と人間を求めるって？　私の求めているものは愛なのだ。〟

〝ああ――！　そんなセンチメンタリズムは捨て去ってしまえ！　強くなるのだ！　強くなれ！〟

〝ヒトリデ　サビシインダヨ
コノハタチノ　タバコヲスイ　オサケヲノム　ミエッパリノ　アマエンボーノ　オンナノコハ〟

〝僕たちに未来はない。〟

〝「独りであること」、「未熟であること」、これが私の二十歳の原点である。〟

――そのむかし、わたしがあまりに青々としているので、父が心配して「死ぬなよー」と言った。「あまり本を読むな。うっかり死ぬぞ」とまで言った。あのころの、まるはだかで、青白くてかる月代をいまでも生き生きと思い出す。多くの人と同じように、なんとか死なずに大人になり、職業を持ち日々をルーティンで生きているけれど、いまだってふと振り返ると、心の月代はこっそり、いまだ青々とてかっている。

あのころ、この本を読んだわたしは、自分が漠然と感じている恐怖や、疑問、怒り、欲望、生きることとそのものへの畏れをことごとく言語化してくれる、残された本の中にいる、普通の〝すっごいおねえさん〟高野の悦ちゃんに憧れていた。そう、そうなんだ、わたしが抱えている問題を、よくぞ書いてくれた、と拳を天に突きあげた。あらすじに書かれた〝キャンパスの孤独者〟という称号にぐるぐると心酔した。

そうしていま久しぶりに書棚の奥からこの本を取り出して、読み返してみると、そのむきだしで言語化された疑問は、わたしが生きていく中で繰り返し、言葉を変え、立場を変えながらもじつはずっと持ち続けている、永遠の、漠然とした、問いである。答え、答え、世界の答えはどこだ。高野悦子さんは日記の最後に「旅に出よう」で始まる詩を残して死んでしまったわけだが、彼女よりずっと長生きしているわたしは、いつか死んだら天国(か?)で、自分の思春期に多大な影響を与えた〝青春の代弁者〟で〝伝説の落伍者〟である、この二十歳の女性に会ってみたい気がする。それで、そのとき彼女と語り合える問いが、己の中に少しでも多く残っていてほしい、と思う。

答え、答え、世界の答えはどこだ。


(二〇〇六年六月)

シャーロック・ホームズのススメ

「初恋の人は誰ですか？」と聞かれたら、わたしは迷わず、こう答える。

「シャーロック・ホームズです！」と。

……アイタタタ！

はずかしい人がいますよ。つかまえて！

でも、ほんとうなんだからしかたがない。逃げも隠れもしないぞ。小学校高学年のときに、コナン・ドイルが書いた『シャーロック・ホームズ』のシリーズを読んで、はまって、それから長らく（い、いまも？）とにかく大好きなのです。

ああ、我が愛しの、ホームズ……（なぜかファーストネームで呼ぶ気がしない。尊敬しているせいだろうか？）。

このシリーズは、ヴィクトリア朝《ちょう》のロンドンが舞台。気難しくて天才肌の名探偵ホームズと、相棒のワトソン博士が出会う『緋色《ひいろ》の研究』で始まる四編の長編と、五十六編の短編が残されていて、百年前のイギリスでまず大ブレイク！　世界中に人気が広がって、いまも読み継がれている。シャーロッキアンと呼ばれるマニアがうじゃうじゃいる、名探偵の元祖の一人なのだ。

ホームズはけして、イケメンとかではない。目つきが鋭く、肉の薄い鷲鼻で、顎が出ていて、そのうえ両手はいつも薬品の染みだらけ（家でへんな実験ばかりしているから）。知識は豊富ではあるけれどおかしいぐらい偏《かたよ》っていて、相棒ワトソンによると「哲学、天文学、政治の知識は皆無で、植物学は不定、地質学は該博《がいはく》、化学は偏倚《へんい》、解剖学は系統的でなく、煽情《せんじょう》文学と犯罪記録には特異の知識を有し」ている。つまり、へんな人だ。そのうえなぜかバイオリンの名手で、悩むとむやみに弾きまくるし、さらになぜかボクシングが得意で犯人と大立ち回りをやるし、天才過ぎてすぐ退屈になってしまうのでコカイン常用者だ。……いま書いていて思ったけど、ほんとにへんな人だなぁ。どこがいいんだ……？

彼は天才的推理を披露するかと思うと、地球が太陽の周りを回っていることも知らないぐらい無知（？）な面もあって、大威張りで事件を解決するかと思うと退屈のあまり苦しげにバイオリンをかき鳴らす。たぶん、そのアンバランスなところに惹かれたんだと思う。しっかりしすぎていると、感心しつつ、ほっとけるもの。その点、ホームズという人は、しっかりしているどころか……。

で、さらにはずかしい話を一つ。

……あ、やっぱり書くのやめとこうかな。

でも、まぁ、いっか。書くかー。

わたしがこれを読みふけっていたのは十代前半のころなんだけど、大人向けに書かれたこの本には、わたしみたいな女の子が感情移入できるキャラクターがみつけにくかった。ワトソンはいい人だけどオッサンだし、レストレードは警部なのにおばかすぎるし、アイリーン・アドラーは美人オペラ歌手で、同一視しづらい（わたしはのっぺりした顔の、自分でいやになるぐらいフツ〜の女の子だったので）。それでわたしは子供なりに考えて、読書におけるすごい発明をした！　ホームズの下宿のおばさん、ハドソン夫人を脳内で十代の女の子に変換して「メイドのハドソンちゃん」にしてしまって、ハドソンちゃん目線で、大人たちの推理や、あれこれのドラマにドアの外や柱の陰から聞き耳を立ててみた。物語の内部に入りこんで、愛しのホームズの一挙一動にどきどきしたり、ぽわ〜んとしたりしていた。……って、このコ大丈夫かなぁ。かつての自分とはいえ、なんかギリギリな気がしてきました。でも、ギリギリの崖っぷちをぽわ〜んと歩きながらも、こうして無事に大人になったんだから、よしとしよう（と、勝手に納得……）。

それで、一気に話は飛んで、わたしは大人になって作家になった。十代の男の子女の子向けのお話を書くことになって、編集さんとなにを書こうか相談しているときに、自分が十代のころに読みふけった、このシリーズのことをガーンと思い出しました。天才で、狂人。アンビバレントな、愛しいわたしの名探偵！　ええと、感情移入しやすいように年齢を読者と同じぐらいにして、それに、あと……もし、もしもだよ、あのホームズが女の子だったら、はたしてどんな物語になるのだろう……？

そんなことを考えながら書いたのが『ＧＯＳＩＣＫ』シリーズです。けだるそうにパイプをくゆらし〝知恵の泉〟を退屈しのぎに弄《もてあそ》びながらどんな難事件もたちどころに解決してしまう、わずか十四歳の美少女探偵、ヴィクトリカ。貴族出身のビスクドールのような美貌を閉じこめる、一四〇センチ弱のちいさなからだ。フリルをたっぷりあしらったドレスは豪奢《ごうしゃ》で、まるで彼女が閉じ込められた図書館塔に咲いた、可憐《かれん》な薔薇《ばら》のよう……。相棒は東洋人の留学生、一弥《かずや》くんで、真面目で心優しい男の子。二人は仲良しだけど、ヴィクトリカはちょっぴり意地悪なので、退屈しすぎるとつい一弥を「踊れ」「歌え」なんて苛めてしまうのだ。

ヴィクトリカは女の子の読者にも人気があるので、本屋さんで見かけたら、手に取ってくれたらうれしいのぅ……などと思っております。

ところで、いまもときどきホームズを読み返すと、あのころの興奮がよみがえってあぁ、やっぱりこれおもしろいなぁと思うんだけど、わたしが大人になったせいか、例のハドソンちゃんはもう現れません。わたしも脇役のメイドに憑依《ひょうい》して物語内部に入りこむなんてギリギリ行動はせず、普通の読み方をしています。だけど、自分がいま書いている物語のどこか――柱の陰やドアの外――に、あの子はいまもいるんだ、どこかに隠れて、こっちを見ている、と考えると、不思議なことにちょっと心強いような、がんばるぞ、おもしろい小説をガンガン書くぞ、なんて、少しばかり前向きな気分になるのでした。へんなの。

（二〇〇六年一二月）

少女よ、卵を置いて踊れ！

『ヴィルヘルム・マイスター』J・W・ゲーテ

「〝ミニヨンの卵踊り〟って憶えてます？」と女性編集者に問いかけると、百発百中で「知ってる！　知ってる！」と椅子《いす》からお尻《しり》が飛びあがる。しかし一瞬の後、みんな、不思議そうな顔になる。「……確かに知ってるんだけど、でも、それって、いったいなんでしたっけ？」

文豪ゲーテの手になる『ヴィルヘルム・マイスター』は、全八巻の『修業時代』と、全十八章の『遍歴時代』からなる大河小説。十八世紀封建制下のドイツで、片思いに破れた青年ヴィルヘルムが、熱病のような失恋精神を抱えて演劇界に身を投じ、それまでの生活では出会わなかったような人々、体験するどころか想像さえしなかった出来事に翻弄されつつ成長していく。トーマス・マンやヘッセに多大なる影響を与えたドイツ教養小説の祖、というと堅苦しいけれど、わたしは小学生のころに、子供用の世界名作全集で楽しく、うきうきと読んだ。どんな文豪も、子供用の全集では無名の（子供は文豪の名を知らない）

一級エンタメになる。件の女性編集者たちもまた、少女時代にこれをば、読んだ人たちなのである。演劇青年ヴィルヘルムではなく、彼に引き取られたみなしごサーカス少女、ミニヨンを主人公にまとめた愛すべき一冊『君よ知るや南の国』がそれだ。

悪漢にさらわれてサーカスに売られたミニヨンは、団長に鞭《むち》で打たれているところを、通りかかった失恋男ヴィルヘルムによって救われる。ミニヨンは自分を引き取ってくれた青年を、父とも兄とも、年の離れた恋人とも慕うが、無口でムスッとしたミニヨンの真心は、鈍感なヴィルヘルムにぜんぜん伝わらない。そこで、またもや恋の病で伏せる彼のためにミニヨンが取った行動とは……。

〝市場で卵をたくさん買ってくる〟。

ここから、文学史に残る珍妙な踊りが始まる。なにをやってるんだこの子は、とあきれるヴィルヘルムの前で、ミニヨンは床に生卵をたくさん並べ、ついで……黙ったまま、激しく踊りだすのだ。サーカスで憶えた、卵を踏まずに踊るという芸を見せて元気付けようとする、無口な少女なりの真心が、果たして愛する青年に伝わるか、まったくもって伝わらないか。わたしは大人になって岩波文庫で読み直したときも、苦悩を語りながら成長していく青年よりも、黙って運命に耐え、黙って男を愛し、最後は大人になる前に死んでしまった〝卵踊りのミニヨン〟に釘付けだった。

古今東西、彼女に心打ちぬかれた読者は多いらしく、オペラ『ミニヨン』や、シューマン作曲『ミニヨンのためのレクイエム』があるほか、手塚治虫も、彼女を主人公におきかえた『ミニヨン』という漫画を残している。

ゲーテの作品には、『若きヴェルテルの悩み』のロッテや『ファウスト』のグレートヒェンなど、魅力的な女性像が多いとのことだ。ヴェルテルは中学生のころに読んだけれど、ロッテのことはじつは憶えてなくて、昭和の青春小説で「彼女は僕のロッテさ」という台詞が出てくるたびに、ウーン、思いだせない。ロッテはきっと珍妙な女性ではなかったのだろう。『ファウスト』はそういえば未読なので……これを書きながら、急に猛烈に読みたくなってきたので、明日にでも読みます。

（二〇〇七年一〇月）

甘くて艶かしい文章　著者二十二歳に驚き
『アブサン・聖なる酒の幻』クリストフ・バタイユ

そこなる、酒豪の方。貴方です、貴方。酒豪とまではいかないまでも、そこそこは嗜《たしな》むという、そこの貴方も。

「アブサン」というお酒を飲んだことはおありだろうか？

わたしは、ない。名前だけはよく聞くけれど、味も、色も、そういえば材料さえ知らなかった。

ニガヨモギを主成分とするアルコール度数約七〇％の蒸留酒「アブサン」は、苦みのある緑の液体で、十九世紀末の西欧で大流行。ランボーやボードレールなど芸術家にも愛されたが、神経系に損傷を与えるとされ、フランスでは第一次世界大戦中の一九一五年に禁止された。

そして次の世紀末、一九九四年に、クリストフ・バタイユが、忘れられて久しい酒への哀悼の意をこめて書いたのが、本書『アブサン・聖なる酒の幻』（辻邦生、堀内ゆかり訳・

集英社）である。

世界大戦前夜。少年だった〝私〟は、両親と幸福に暮らしていた。村外れにはジョゼと名乗るよそ者の男が住み着き、地下室でアブサンを作っては村人に売っていた。ジョゼは世界中を旅した経験を持つ博識な男だが、文字が読めないという噂《うわさ》もあった。

母とジョゼのあいだの、密《ひそ》やかななにかの気配。闇の中で金色に輝く液体の、むせるほど官能的な、やましさ。ある日〝私〟は地下室で、ジョゼと誰だかわからない女の情事を垣間見る。材料の花びらが詰まった大袋の陰で、女が吐息を漏らす。「アブ、サン……」。聞こえた言葉はそれだけで、しかし少年はその甘い響きを、大人になっても決して忘れることができない。

やがて世界大戦が勃発、ついでアブサンの製造が禁じられる。父が出征し、ほどなくジョゼも村から消えた。幻となった酒と不思議な男のイメージが、少年の胸で苦く重なる。

著者は二十二歳のとき、就職した香水会社の研修中に、夜毎《よごと》この物語を書いたという。読了後、この若さでこんな艶かしい文章が書けるのか、と驚愕し、歳が近いこともあって非常に発奮した記憶がある。

ちなみに、ヴェルモット酒が最もアブサンに近い、と著者は語っていた。そう言われると気になりますね。

（二〇〇七年一一月）

未来のロミオとジュリエット

『天界を翔ける夢』デニス・ダンヴァーズ

初めて恋をするのは、一つの〝死〟を経験するようなものだ——。

初恋の悲劇といえばシェークスピアの『ロミオとジュリエット』で、この古典にインスパイアされた〝〇〇版ロミオとジュリエット〟といった作品も多い。人の好みは千差万別なので、本家よりも、五〇年代のニューヨークに舞台を変えた映画『ウエスト・サイド物語』のほうがじつは好き、という人もきっといるだろう。

わたしが愛してやまない作品は、バーチャルリアリティ世界を舞台にした近未来のロミジュリこと、『天界を翔ける夢』（川副智子訳・ハヤカワ文庫ＳＦ）である。

最近、なにかと話題のコンピューター内の街「セカンドライフ」をさらに発展させたような、未来のバーチャルリアリティ〈ビン〉が舞台。一人ひとりの寿命が限られた現実の世界と肉体を捨てて、〈ビン〉での永遠の命を選んだ大多数の人々と、荒廃した地上に残った少数派。主人公の青年ネモは地上に暮らしながら、年に二度、コンピューター内にアップロードされた両親に会いに行く。ネモは老いとは無縁な桃源郷〈ビン〉を、魂が穏やかに死んでいく場所——黄泉《よみ》の国として怖れている。しかしある夜、その街で運命の女たるジャスティンと出会ってしまった……。

今世紀後半を舞台としながらも、ネモとジャスティンの初恋は古典的で、しかし荒廃しきった未来都市ならではの耐えられない渇きにも満ちている。死の国〈ビン〉に青年を呼びこもうとした美女の正体には、多くの読者が、心のいちばん弱くて頑《かたく》なな部分を殴打されることだろう。すべてのからくりを理解しながら、自己愛そのものだった初めての恋のために、燃えさかる炎に身を投じ黄泉の国に沈んでいく青年の名が、ヴェルヌの傑作『海底二万里』の孤独なネモ船長と同じなのは、きっと偶然ではない……。

普段、恋愛小説をまったく読まないわたしだが、こういった魂の問題と絡めてであれば恋の物語は輝くと気づいたきっかけの一冊で、これを読んで以降、自分も〝恋愛小説〟を書くようになった。

（二〇〇七年一一月）

日本の民話にも通じる南米の「神話的世界」

『予告された殺人の記録』G・ガルシア＝マルケス

南米の田舎町。町を挙げての婚礼騒ぎの翌日、青年サンティアゴが惨殺された。町全体が、この日、彼の身に起こることを知っていた。殺人はなぜ防げなかったのか？『百年の孤独』が世界的ベストセラーになった、コロンビア出身のノーベル賞作家、G・ガルシア＝マルケス。彼が「最高作」と呼ぶ幻想的で奇怪な中編が本書『予告された殺人の記録』（野谷文昭訳・新潮文庫）です。

一九五一年にスクレという田舎町で実際に起こった殺人事件を、ジャーナリストでもあるガルシア＝マルケスが丹念に取材。よそ者バヤルドを町の人々が受け入れ、彼と町の乙女との婚礼が決まり、町全体が祝祭空間となる。その夜、と、あ、る、こ、と、が起こる。乙女の兄の双子が殺人を計画する。翌朝、兄たちは町中に殺人予告して回るが、なぜか誰も止めない。騒ぎを知らないのは、殺される青年の家族だけ。かくして〝予告された殺人〟が発生した。

おかあさん、と叫び、青年が腸を引き摺りながら家の周りを百メートルも彷徨うラストシーンは圧巻。失敗した祝祭の、生贄《いけにえ》としての殺人が、ルポルタージュとも神話ともつかぬ、不可思議でありながら圧倒的な筆致で描かれる。

ガルシア＝マルケスが描く、南米の田舎町の神話的情景は、日本の田舎の、民話的な祝祭空間と奇妙な親和性がある。私のすぐ傍でもこんな事件があるかもしれぬ、と思わせる気味の悪い親しみやすさも、ガルシア＝マルケスを嗜む快楽の一つだろう。

（二〇〇七年一一月）

隅っこでの出会い
『オーランドー』ヴァージニア・ウルフ

毎日、本屋に入る。習慣になっている。最近では「どこそこの本屋で見た」と知り合いによく言われる。だって毎日の散歩コースに入っているし、編集者との待ち合わせもほとんど、本屋の「ここの棚の前」なのだ。

だから理想の本屋というと、まず居心地がいいこと。それから、入りやすくて出やすいことかなぁ、と思う。「今日は本を買うから、本屋に寄らねば……」とハードルが高いより、ふらっと入れて、気に入った本がみつかればほくほくと買う、ぐらいの気軽な距離感が好みだ。

とはいえ、ふらっと入ってしまえば、こんどは品揃《しなぞろ》えがとても気になる。話題の新刊がわかりやすいところに揃い、同時にオールタイムベストも品切れせずに並んでいてくれると、兄貴のように頼もしい。さらに、その辺りの棚をひとしきりウロウロした後、隅っこのほうまで遠征したら、「ここにこれを置いたのは、誰だ！」と詰問《きつもん》したくなるような変な本がひっそり、でもなにがしかの決意を秘めて並んでいたりすると、人間くさくってよい本屋だなぁ、と好感を持つ。手にとって、ついつい買ってしまうこともある。

それから喫茶店に入り、コーヒーでも飲みながら、いま買った変な本をめくる。この店にこなければこんな本があるなんて気づかなかった、という出会いがあると、やっぱり本屋が好きだなぁと思うし、もしかしたら自分の本も、こんなふうに誰かが愛情をこめて並べてくれているかもしれない、と想像してみると、心にふっと、灯《あかり》がともる。

最近、海外文学の新訳と旧訳の違いが気になって〝読み比べ遊び〟をしているのだけれど、それも、近所の本屋で二冊並べてあったのがきっかけだ。たとえば今回紹介した『オーランドー』は、ちくま文庫版（杉山洋子訳）はドタバタしてジャンクな雰囲気だけど、みすず書房版（川本静子訳）は本来のヴァージニア・ウルフのイメージに近くて、格調高い。どちらもいいけど、わたしはジャンクなほうが好みだったので、ちくま文庫版をお薦めします。

（二〇〇七年一二月）

ハードボイルドに感動大作、ぞわぞわする傑作軍団だ！

私の文庫オールタイムベストテン

とつぜんですが、桜庭一樹の個人的な文庫オールタイムベストテンを書かせていただくことになりました。四百字で十一枚も。ヤッター！　行数がもったいないのでもう始めます。あ、順不同です。

『さむけ』ロス・マクドナルド／小笠原豊樹訳・ハヤカワ・ミステリ文庫

私立探偵アーチャーは、突然姿を消した新婚の妻ドリーを探す青年、アレックスに雇われて捜査を始める。最初はありがちな失踪事件に思えたが、因縁の糸は過去に遡り、三つの殺人事件と、町に潜む恐るべき犯人に迫っていくことに……。

最初読んだときは、けっこう後半まで退屈に感じてしまって「これじゃ『さむけ』じゃなくて『ねむけ』だよー」と（すみませんすみません、世界のロスマク様になんということを……。でも当時は生意気盛りの十七、八の小娘だったので……）床に寝転がってあくび混じりに読んでたのですが、ラスト六ページで本当に恐ろしいことが起こり「こんな〝さむけ〟はこれまで感じたことない！」とムックリ起きあがりました。人間って、女って、いやだなぁいやしいなぁいやらしいなぁと大規模な嫌悪感が楽しい傑作でした。
普段あんまりハードボイルド読まないよーという女子の方にも、女子仲間として自信を持っておすすめします……。

『ジョン・ランプリエールの辞書』ローレンス・ノーフォーク／青木純子訳・創元推理文庫
時は十八世紀。舞台はイギリス海峡のジャージー島。青年ジョンが思いを寄せるのは近所の美少女ジュリエット。と、彼女の水浴び姿を見てしまったジョンの父が、ジョンが読んでいたギリシア神話そのままに、猟犬にズタズタに噛み殺された。読書が現実になる!? 恐怖のあまり神経症となったジョンは、医師の勧めで固有名詞辞書を執筆し始めるが……。
ロンドンの地下に潜む秘密組織、東インド会社を巡る陰謀、空飛ぶ男、ユグノー弾圧、インドの殺し屋、自動人形など、みんな大好きガジェットが満載！　とにかく壮大な、相当広い家じゃないと広げきれないような大風呂敷の特大バロック小説で、上下巻で千ページ弱あるけれど爆笑しながらあっというまに読み終わりました。この本は単行本時にはなんと五〇〇〇円して（見間違いかと思って何度も目をこすった。5→2かもしれないと……。でも5だった）金欠の読者たちを慟哭させました。でもいまは文庫で気軽に読めるので、よかったら長期旅行のお供などに是非……。

『人間以上』シオドア・スタージョン／矢野徹訳・ハヤカワ文庫SF

悪戯ばかりの黒人の双子、生意気な少女、発育不全の赤子、言葉のわからぬ動物的な青年。社会の厄介者とされる彼らだが、テレパシー、テレポーテーションなどの能力を持つミュータントであり、五人が結集したとき人類を破滅させるほどの強い力を持った……。

最近たくさん翻訳されているので、本屋さんで「スタージョンってよく見るなぁ。でも誰？」と思ってる方もいるかと……。四〇年代にアメリカで名を成し、レイ・ブラッドベリと共に幻想SFの巨匠として愛された作家とのことです。本書の解説に「『愛』と『孤独』の作家」と銘打たれていて、なるほどーと膝を打ちました。文庫だから買いやすいし、これが傑作だっと思うので（主観だけど……）、「誰？」と首をかしげた方の、スタージョン一冊目におすすめしたいです。リーダビリティが高くてのっけから引きこむので、SFはあんまり読まないなー、という方にもきっと……。

『屋根裏部屋の花たち』Ｖ・Ｃ・アンドリュース／中川晴子訳・扶桑社ミステリー

五〇年代のアメリカに、ドールのように美しい子供たちがいた。キャシー・ドーランギャンガーと兄のクリス、双子の弟妹。四人は美貌の両親とともに幸福に暮らしていたが、交通事故でパパを失った日から、この世の地獄が始まった。ママの実家に身を寄せると、恐るべき祖母によって屋根裏部屋に閉じこめられてしまったのだ。支配的で狂気に満ちた祖母と、子供に返ったようにただ従順な母。誰も、誰も知らない。私たちがここに監禁されながら美しく成長していることを……！

ゴシック・ゴシップ・ロマンスなら、Ｖ・Ｃ・アンドリュースが引き起こす嵐には誰も勝てない……と心震える、愛と裏切りと背徳とそしてやっぱり愛の、『ドーランギャンガー・サーガ』第一作。なんだこりゃーと思いつつ読み始めたらどうにも止まらないので、台風に直撃された週末などにお薦めです。（著者近影が怖いです）

『聖母の部隊』酒見賢一・ハルキ文庫

〝おかあさんがぼくたちにおしえてくれたのは――せんそうだった。〟静かな村で平和に暮らす有色人種の少年たちが、突然始まった戦争で家族をなくした。森にやってきた白人女性コマンドーが〝母〟を名乗り、少年たちを森の戦士として鍛え始めた。次第に偽の

〝母〟を慕うようになる少年たち。だが、彼らの成長とともに、大人と子供、女と男の力関係は微妙に変化していく。戦争は続き、やがて、白い〝母〟と黄色い〝息子〟どもは……。

最初に読んでから十年は経っていると思うのだけれど、いまだに離れることができない……読書生涯で十本の指に入る怪作です。最近、グロい小説が好きだという男の子に大喜びで貸したら、「だめでした……」と、なんで読ませたんだよっ、と言いたげな青黒い顔で返されたので、本当に不特定多数の人にすすめていいのかよくわからない。しかしわたしは本当にこの作品が好きです。

『血族』山口瞳・文春文庫

一九二六（大正十五）年生まれの作家、山口瞳が渾身《こんしん》の力をこめて書いた、自分の一族の過去を巡る物語。息子に「瞳」という不思議な名をつけた母。この母を含め、親戚一同が驚くほどの美貌を持っていた山口一族。そして、瞳少年が幼い頃から繰り返し見る、奇怪な夢……。

凄みのある美貌でありながら、奇妙なほど生きる力の弱い男女ばかりの山口一族の描写が、日本の昔の話なのにデカダンで、まるで『ポーの一族』みたい。「彼らはなぜ美しかったのか」がついに解かれるシーンは鳥肌物！　そうだったのか――！　ミステリの謎解きみたいで痺れました。すごい。

『されど修羅ゆく君は』打海文三・徳間文庫

戸川姫子、十三歳。サングラスに淡いルージュで背伸びしてるが、登校拒否中の中学生だ。自殺しようと山を彷徨う途中、たまたま出会ったおっさん、阪本サンに惚《ほ》れて死ぬのをやめるが、じつはこの恋には強力なライバルがいた。元結婚詐欺師の女探偵、ウネ子六十歳だ。どうする姫子。どうするウネ子。どうするどうする？　恋も事件ももつれにもつれて……。

〝春が匂った。せつないまでに春が匂い、ますます彼女の気分はふさいだ。〟という最初の一文から、おかしな登校拒否児、姫子の造形に釘付けで、軽妙な語り口で進む〝うにゃうにゃハードボイルド〟なストーリーから不思議なほど目が離せません。十月に急逝された打海文三氏の作品は『裸者と裸者』なども文庫化されるところでそっちも気になるけれど、あえて姫子十三歳（＆ウネ子六十歳）の恋だかなんだかわからないうにゃうにゃを、おすすめしたいです。気軽に読めるけれど読後感は奇妙なほど重たいのです……。快作です。

『愛を乞うひと』下田治美・角川文庫

孤児院で育った照恵は、十歳のとき母に引き取られた。情けのない母のもとで八年を暮らし、大人になり家を離れた。やがて娘を産む。娘は照恵を「愛乞食」と呼んだ。「おかあさんは、せっかんされてもおばあちゃんの愛を乞い続けた、せつない乞食ね」と。

四十歳になった女性が、娘と共に自分の過去を振り返り、整理できないまま生きてきたさまざまな事柄を一つ一つ、確認しては心の引き出しにしまってゆく物語。

〝「おぼえてよ。死ぬまでにおぼえてよ、ひとの愛しかたを」／おぼえるまで、死なせはしない。〟十五年前に一人の女性によって書かれたこの小説の、ラストシーンにある静かな狂気から、今日を予言するような現実の恐ろしさを感じます。未熟なまま大人に、つまり強者に成長した「愛乞食」が、老親の介護の現場で復讐鬼となる未来を幻視したような、読んだ者を呪う確かな力がある小説。でもできたら、心身ともに元気なときに……。

『楽園』鈴木光司・新潮文庫

悠久の過去。モンゴル砂漠の民ボグドは愛するファヤウを妻にしたが、他部族の襲撃によって妻を攫《さら》われてしまう。二つの大陸を結ぶ、氷でできた〝北の回廊〟を伝って、アメリカ大陸に連れ去られた妻子を必死で追うが、天候の変化によって回廊は無残に閉ざされる。ボグドはなんとアジア大陸を南下し、小舟で南太平洋を渡ろうとするが……。

うっとりするほど壮大で、力強いアジアン叙事詩！　全体が三章仕立てで、一章「神話」は古代モンゴルの夫婦の話。二章「楽園」は十八世紀末の南太平洋で、一章の主人公だったボグドがどうやらここまでたどり着いて力尽きたらしいとわかる。三章「砂漠」の舞台は現在のアメリカで、数千年前、北から連れ去られた妻ファヤウと、南から妻を追った夫が、子孫の遺伝子を通じてようやく再会するハッピーエンド。アジアン柄の大きな風呂敷に座って、読んでる自分ごとキュキューッと包まれるような、不思議な快感がありました。

〈『悪霊』シリーズ〉小野不由美・講談社X文庫

ひょんなことから「渋谷サイキック・リサーチ」という謎の事務所に出入りすることになった〝あたし〟こと、ごく普通の女子高生、麻衣。事務所に集まるメンバーは、美少女霊媒師に面白坊主、金髪美少年のエクソシストに負け犬女の巫女《みこ》など個性豊か。そして麻衣が片思いするのは、謎めいた高校生所長、渋谷一也（すごくナルシストで、意地悪！）。このメンバーで侃々諤々《かんかんがくがく》、毎度舞いこむ怪奇事件の調査に乗りだすのだが……。

小野不由美さんといえば『十二国記』シリーズが大人気だけど、その前に書いておられた『悪霊』シリーズもほんっとにおもしろいです。ジャンルとしてはホラーだけど、本格ミステリの粒子みたいなのがびっしり詰まっていて、ミステリ好きにはどこもかしこもたまらん……。一巻完結のシリーズで、毎回、趣向を変えては変幻自在で、怪奇事件の解決と主要人物を巡るドラマ、恋と友情、わんさかいる各キャラクターそれぞれの見せ場まで、エンターテイメントここに極まれり！　かっこいいです。わたしは冬場、風邪をひいて寝こんでるときに、新しい本はボーッとして読めないので、このシリーズか、佐々木丸美のサーガを何日もかけて復習します。もう何回読み返したことか……。

お。ラスト一行だ。ではまたどこかでー！

（二〇〇七年一二月）

ダブリン・ショック
『ゴドーを待ちながら』サミュエル・ベケット

昨年末のこと、仕事でアイルランドの首都ダブリンに出向いた。そこでショックなことがあり、両手で頭を抱えて帰国した。

ダブリンはちいさな町だが、ジェイムズ・ジョイスやバーナード・ショー、オスカー・ワイルドなど、世界的に著名な作家を多く輩出した場所だ。パブで飲みながら、プロの俳優が演じる文学作品を見物する、という文学ツアーに心惹かれて申しこんだ。ベケット作『ゴドーを待ちながら』（安堂信也、高橋康也訳・白水社）から始まった。と、なんと二人の俳優が漫才よろしく、ふざけたり笑ったりしながら寸劇を見せてくれた。わたしは、鼻からギネスの泡を噴射するほどおどろいた。

今の今まで、真面目で難解極まる不条理劇だとばかり思いこんできたゴドーなのに、本場ダブリンのパブでは、なぜか、上方漫才大賞みたいじゃあないか……。

あっ、そういえば、と、日本を発《た》つ前に、翻訳物を担当する編集者と交わしたなにげない会話を思いだした。彼曰く「小説とは本来面白いものであって、とくに海外文学にはユーモア溢れるものも多い。でも翻訳によって笑いがそぎ落とされてしまうことがある。チェーホフなんて爆笑なのに残念だなあ」だそうだ。

わたし自身も、いかにテーマが陰鬱《いんうつ》であろうとも小説とユーモアは切っても切り離せないものだと思っている。でも、以前とある読者から、とても心配そうに「あなたの『赤朽葉家の伝説』を読んだら、ところどころ面白かったのですが、笑っていいでしょうか」と問われたことがある。

重々しい背表紙の文学全集やくすんだ色をした国語の教科書などで育つと、小説を前にしてにやにやしてはいけない、というようなよそゆきの姿勢になってしまうのだろうか。でも、そういった考えが「小説とは難しいもの」「読書は勉強！」「教養を身につけるために、ええと、でも、なにを読めばいいのやら……」といった印象に繋がり、学生時代ならいざ知らず、多忙な社会人である読者を小説の面白さから遠ざけてしまうのではないか。

といったことを考えながら、文学の町ダブリンから帰国した。そして早速、件の編集者にその話をしたところ、「あっ、そう。でも、君もね、ぼくが赤朽葉の感想で『一ページに三回は笑ったよ！』と言ったら不満そうにプーッとふくれたよ。褒めたつもりだったのにさぁ」と指摘された。おやおや、わたしもまた、小説は真面目なもの、笑っちゃだめっ、と思いこんでいる一人だったのだろうか。反省しつつ、夏休みに改めて古今の名作の翻訳読み比べなどやってみたいなぁと夢想している。

（二〇〇九年八月）

一気読みを反省　ゆっくり楽しむ本

先日、某誌で「携帯電話で文学を読む」趣旨の取材を受けた。しかし正直に言うとそんなふうに読んだことはなく、一体なにを語ればいいのだろ……と、不安なまま出かけた。

実際に商品を手に取ると、縦書き表示なのでけして読みづらくはなかった。一方で、読書にターボがかかったとき、魅入られたようにどんどんページを捲《めく》っていく、あの紙の本独特の快感は得られないようだ。通勤や待ち時間などにすこしずつ、ゆっくり読むならいいかもしれないなぁ、と考えた。

そこで取材を受けながら思いだした本が二冊ある。まず『センセイの鞄』（川上弘美著・新潮文庫）だ。

わたしはたくさん本を読みたいので、面白いものほどスピードをつけてどんどん読みくだす癖がある。しかしこの作品は全体にゆったりとしていて、短いエピソードの積み重ねによって、時間と人間の思いが伝わってきた。数時間で一気に読み終わった後、「あれっ、もったいないことをしちゃったな。すくなくとも一週間はかけて、一エピソードずつゆっくり読んだほうが、もっと楽しめたんじゃないか」と後悔した。

もう一冊は『オーランドー』（ヴァージニア・ウルフ著／杉山洋子訳・ちくま文庫）だ。エリザベス朝から二十世紀まで、イギリスの貴族社会に生き続けた不老不死の青年、オーランドー。彼を生き証人とし、イギリスの文学史を網羅する奇想天外な歴史ファンタジーだ。大好きな作品だが、あまりにも面白すぎて、意識に羽でも生えたように一気に読み終えてしまった。

しかし、読後に翻訳者の手になる解説に目を通したところ、ヨーロッパ史や著者ウルフ自身について詳しく書かれていた。それらが作品と密接に結びついているのだ、と。「自分はそこを読み飛ばしながらゴールまで飛んでいってしまったのだな」と気づいて反省した。また、たとえば、館でしょぼくれた男がペンを握って座っている描写があったが、じつはこれがシェークスピアであったり、といった文学のネタも多いのだ。

後日、気になるところはいちいち注釈のページに飛んだり、いちど本を膝に置いて考えながらじっくりと読み直したが、それでも、面白いので、油断するとまた羽が生えてしまう。

一気に読みくだして、驚きと興奮そのものが、読書の記憶として心に蓄積される本もある。一方で、たゆたう時間の中でゆっくりと楽しむべき本もある。紙の本で読むか、機械を使うかどうかはともかく、ときどきは「飛ばないように」気をつけながら読んでみたいと、最近、考えている。

（二〇〇九年八月）

時を超える普遍性　怖くもあり希望でもあり

数年前のこと、アーサー・ミラーの手になる戯曲『セールスマンの死』（倉橋健訳・ハヤカワ演劇文庫）を読んだとき、「こ、これは、とても他人事《ひとごと》とは思えない」という感想を持った。ほとほと困るほど身に迫ってきた。

舞台はアメリカの地方都市。セールスマンのウイリーは、頑張ればもっとよい暮らしが、もっとよい未来が、と信じて働いてきた。

でも、現実に得たものは、ローンを払い終わるころに壊れる豪華な家電と、ちいさなマイホーム、そして三十代になっても自分探しを続ける、ふがいない息子。騙《だま》し騙し続いていた生活が、ある夜、ついに破滅の時を迎えてしまう。

かつてはやりがいを感じていたはずなのに、なぜだか年々、心許《こころもと》無く思えてきてしまう仕事……。期待してその成長におおきな夢を託してやったのに、応えてくれない息子……。

現実を見据え、息子は叫ぶ。「ぼくはね、ひと山十セントのつまらない人間なんだよ、あんただってそうだ！」すると、夢を見続ける父が叫び返す。「おれはひと山十セントなんかじゃない！」

六十年も前にアメリカで書かれた作品がなぜこんなに胸に迫るのだろう、と思ったが、解説を読むと、一九八三年に中国で上演されたときも「中国にはウイリーがいっぱいいる」と多くの観客が涙を流したそうだ。

かつて森鷗外は「世間の事は文学の上に、影がうつるようにうつって」いると、言った。なるほど、優れた文学作品には、その時々の社会を映しだす「現代性」があるが、同時に、いつの時代にどこの国で読まれても心に届く「普遍性」をも併せ持つのだろう。

一方、十年以上前に古本屋の一〇〇円のワゴンでみつけて以来、大切にしている『プロレス少女伝説』（井田真木子著・文春文庫）は、八〇年代を席巻した女子プロレスブームを追ったノンフィクションだ。

社会現象になったほどのブームについて丁寧に追うと同時に、神取忍や長与千種などのスター選手が闘う様を、まるで戦国武将のようにドラマチックに描いている。

「人間って、痛みだけじゃ降参しないよ」と神取は語る。まず苦痛を与え、ついで見る自由を奪い、最後に呼吸できないようにする。この三つをそろえて初めて、人の心は折れるんだ、と。
　ある時代の特定の文化を伝えるレポートでありながら、同時に、彷徨い、闘う魂を描く、優れた普遍性もある。時の経過で劣化しないものこそ本物だということは、書く身には恐怖だが、同時に、希望の光である。

（二〇〇九年八月）

場所を変えたら……脳に文字が流れこんだ

「海外で読む日本文学、いいですよ！」と、昨年の夏休み明けのこと、日焼けした顔を輝かせながら知人が話してくれた。

なんでも、休暇で南の島を旅したところ、途中で手持ち無沙汰《ぶさた》になった。そこで、書店で数少ない日本語の本の中から、安部公房『壁』（新潮文庫）を買い、プールサイドに寝転んで読んでみたのだという。

するると、普段、日本にいるときは本など滅多《めった》に読まないし、愛読する作家でもないのに、言葉に飢えていたためか「まるで脳に穴を開けて直接、文字を流しこんでるみたいに入ってきた！」とのことだ。

一方、わたしは「おうちがいちばん」が口癖で、趣味で旅行に出かけることなどほとんどない。毎晩寝る前に床に寝っ転がり、読書するのだけが楽しみだ。だから、ときどき「旅先で読むのにふさわしい本は？」などというアンケートが届くと困ってしまう。

旅をしながら読書するって一体どういう感覚だろ、と不思議に思っていたのだが、知人の話を聞いて俄然《がぜん》、興味が湧いた。

その影響、というわけではないのだが、昨年末に帰省するとき『死せる少女たちの家』（スティーヴン・ドビンズ著／高津幸枝訳・早川書房）を持ち帰った。これは品切れのミステリで、著者が好きなのでしばらく一人で探していた。すると、クリスマスプレゼントにとあるミステリ書評家の方が贈ってくださったのだ。

舞台はニューヨーク州の片隅にある寂れた地方都市。一人の女が殺され、ついで少女が行方不明になった事件から、閉鎖的な共同体が揺れ始める。表向きは平和な町の、いかにも善良な住人たちの、隠し事や犯罪など、黒い部分が漏れだして……。

普段暮らしている都会でよりも、地方都市で読んだほうがよりリアリティをもって迫ってきて、恐ろしくも面白かった。なるほど、場所によって読書体験というものはおどろくほど変わることがあるのだな、と納得することしきりだった。

さて、わたしの小説は、いま、どこでどんな人に読まれているのか……？　想像すると楽しいような切ないような心持ちになる。

そういえばだが、昨年十二月に仕事でアイルランドに旅立つとき、自分の作品を五冊もスーツケースに詰めて持っていった。そして宿泊した山奥のホテルのロビーにあった古びた書棚に、そーっと置いてきた。
いつの日かあの本もまた、誰かの脳に流れこんでくれたら、恐ろしくも面白いのだがなぁ、と、こっそり企んでのことだ。

（二〇〇九年八月）

変換不能の言葉から翻訳家の心意気を読む

タレントのぜんじろうさん曰く「関西弁の〝なんでやねん〟は翻訳できない」。標準語の〝なんで?〟はつまり〝Why?〟だけれど、〝なんでやねん〟はちょっとちがう。疑問形じゃないのだ。だから、標準語で問われたら答えなければならないが、関西弁でツッコまれた場合は「あはは」と笑っていればよい。

懐の深いよい言葉なのだけれど、この微妙なニュアンスは、外国語はもちろんのこと、日本語の関西弁以外の言葉に変換するのも難しいだろう、とのことだ。

なるほど、と一人ごちた。しかし、さて、こういった独自のニュアンスを誇る言葉は、翻訳家泣かせなのだろうか? それともプロの腕が鳴るのだろうか?

そう考えているとき、急にハッと思いだしたのが、大好きな戯曲『シラノ・ド・ベルジュラック』(エドモン・ロスタン著/辰野隆、鈴木信太郎訳・岩波文庫)のことだ。

十九世紀末、フランスで発表されたこの作品の主人公は、類まれなる大鼻の持ち主、つまりは醜男《ぶおとこ》のシラノ。美女ロクサアヌを密かに愛すが、同僚のイケメンから「彼女に惚れた」と相談され、いつのまにか彼のために恋文を代筆するはめになってしまう。シラノの手になる詩情溢れる恋文と、同僚の美しい顔。ロクサアヌはたちまち恋に落ちるが、次第にどこかおかしいと思い始める。

彼女が愛しているのはイケメンのルックスか？　それとも醜男の心か？　物語の最後、ついに真相に気づいた彼女がシラノを抱きしめたとき、しかし、彼はすでに死出の旅に出ようとしていた……。

この戯曲の最後の一行がわたしはずっと気になっていた。〝運命は俺《おれ》の手からすべてを奪っていく気だが、一つだけ奪えぬものがある。俺はあの世にこれだけを持っていくぞ〟といった内容をシラノが叫ぶ。〝それは？〟と問うロクサアヌに答える、最後の一言。それが翻訳では「私の羽根飾だ。」とあり、羽根飾に〝こころいき〟とルビが振られている。

どう考えても、羽根飾と書いてこころいきとは読まない。でもそんな理屈を超えて胸に迫ってくる濃い感情があり、大好きな本だ。

原文ではMon panacheとあり、panacheとは羽根飾のこと。転じて〝伊達な心意気〟も意味するらしい。なるほどこれも翻訳不可能なニュアンスであり、日本語にするときの苦労がしのばれる。だが、読後の感動を思いかえすと、あぁ、翻訳家の羽根飾を読んだのだぞ、と思えてくるのだ。

（二〇〇九年八月）

一族の中で生きていく女たちの小説

『赤い薔薇ソースの伝説』ラウラ・エスキヴェル／西村英一郎訳・世界文化社

私が二十代のときに映画化されて話題になっていたので、先に映画を観てから原作を読んだ。これもまた不思議な家族小説で、〝一族の末娘は母親の面倒を見ないといけないから、結婚しちゃいけない〟という話です。しかも好きな相手も、末娘と一緒にいたいからと、末娘の姉と結婚して婿に来るという悲しい展開で。でも、この末娘が料理した時の感情が毎回食べた人にも伝わってしまうので、その展開がちょっと可笑《おか》しかったりする。ファンタジーとして読んでいたけれど、いまは日本にも娘に結婚してほしくないと願う母親が多いので、現実的にも読める内容です。

『サルガッソーの広い海』ジーン・リース／小沢瑞穂訳・河出書房新社

著者のジーン・リースはドミニカ島に暮らし、イギリス文化に馴染めないうえにイギリスから来た男性と結婚して、うまくいかずにいろいろ苦労した人です。作家としては若い頃に出たけど、七十代で書いたこの小説で復活した。自分のことを書くために、『ジェーン・エア』の脇役バーサを主人公にして新しい土地に馴染めないという設定で書いている。まず、バーサを主人公に書いてみようという発想がすごいと思ったし、みんなも生まれ育った価値観と大人になってから生きている場所の価値観とのせめぎ合いで生きているから、バーサのような行動に出る面もあると思う。なので現代的にも読めるのでは？

『血族』山口瞳・文藝春秋

ずっとすすめられていて読んでいなかった本です。ドキュメンタリー・タッチで書いているので、普段の作風からは全くイメージがわかなかった。でも、『赤朽葉家の伝説』を書き終えてから読んでいたら、『赤朽葉家の伝説』とシンクロしているものを感じた。息子にとって、母親の謎を追っていくのがすごく大切なことで、それをミステリ的に引っ張っていくおもしろさもある。何故、息子に〝瞳〟と名づけたのか、母とふわふわ集まる一族の顔が美しいのか、そして最後に美しかった理由が〝なるほど〟とわかる。また置屋の話など、当時の文化も記述されること自体貴重なものもあり、読んでいておもしろかったです。

『精霊たちの家』イサベル・アジェンデ／木村榮一訳・河出書房新社

作者はガルシア＝マルケスの『百年の孤独』を読んで、この女性版を書いたのではないかと思う。私が『赤朽葉家の伝説』を書いたときには、『精霊たちの家』を下敷きにした。チリの歴史と自分の一族（女三代）の歴史を一緒に書いた話。主人公が生まれるまでにはこの時代があり、この家があり、こういう歴史があった……というところまで見えるのがおもしろく、私も〝この人はどんな人なのか〟と考えたとき、その人自身の経験に加え、ルーツを考えると、どんな人なのかを理解できることがある。南米ならではの不思議な世界観があり、フワッと読める内容です。

『林檎の木の下で』アリス・マンロー／小竹由美子訳・新潮社

この作家は短編の名手と言われていて、この本はいろんな短編を書き継いだものを一冊にまとめている。スコットランドからカナダに移民した一族の話で、自分の知らないスコットランドにいた先祖の話から、現在の自分の話まで。短編としていろんなものを切り取りながら、並べていくと一族の話として読めてしまう。一族の話を書くとなると長編になると思っていたので、この方法には驚いた。自分の先祖のことを考えながら小説を書く気持ちはわかるし、異国の話なのに、自分はどうなのかなと思い返したりした。女の人がルーツを考えながらいまの自分に繋げていく話なので、女性が読んでもおもしろいのではないでしょうか。

『オーランドー』ヴァージニア・ウルフ／杉山洋子訳・筑摩書房

二十代のときに女性監督による『オルランド』という映画を観てすごく好きだったので、原作を探したのが最初。いくつか翻訳がある中で、最初に読んだこれがふざけた感じが伝わって好き。おもしろかったのは一代記のようでありながら、一族の歴史でもあり、オーランドーも三百何年生きているという設定で、途中で女に変わったりすること。本当はオーランドー一族の話なのでは、とか、最後は女になるので女性の歴史として読んでもおもしろい。実際に作者も女だし、すごく好きな女友達をモデルにして書いたので、ある種のラヴレターでもある。このようにひとりの女性を一冊の小説にできてしまうおもしろさも魅力です。

（二〇〇九年一二月）

巨大迷路「新伊坂」

『アラバマ物語』(ハーパー・リー)が好きだ。舞台はアメリカ南部のちいさな町。主人公は幼くして母をなくし、弁護士の父親に育てられている。ある日、無実の罪で告発された黒人青年の弁護を父が請けおったことから、ドラマが動きだす……。大人の鑑賞に堪えるジュブナイルの良作だ。

わたしが思うジュブナイルの魅力とは、そこに困難があり、同時に善意があり、敵である悪を通して、社会や人間のさまざまな面を学ぶことができるところだ。その悪の姿がまた強烈で、でも最後には勇気と誠意とで、主人公たちは悪を倒し(または乗り越え)、それによって成長する。

伊坂幸太郎の多くの作品群を読むとき、わたしは『アラバマ物語』を楽しんだときのように、中高生の気持ちにもどってはらはらしながらページをめくる。

デビュー作『オーデュボンの祈り』から最新作『マリアビートル』まで、伊坂の作品には善意の主人公——といってもスーパーマンではなく、弱さもずるさもある等身大の人——がよく登場する。そして、主人公よりもずっと颯爽と登場する悪役のほうには、怖さと同時に詭弁《きべん》の魅力とでもいったものが満ちている。ページをめくりながら、その魅力に抗《あらが》いがたく、でもこんな人が勝ってしまうような世の中は心底、いやだよなぁ、と戦慄《せんりつ》する。戦慄しながらも同時に、読者としては安心してもいる。作者の善意を信じられるからだ。

伊坂の作品では、悪は倒される、もしくはフェードアウトする。そして自分にできる方法で精一杯闘った主人公に、平穏と、ちょっとした成長がもたらされる。そのとき、読者のわたしも、主人公と一緒に心地よいブレイクスルーを追体験する。

悪のフェードアウトと、善の勝利。身の回りの世界の再構築。その安心感を再び感じたくて、そして、また同じ体験をさせてくれるという信頼があって、つぎの新刊も手に取るのだろう。良質な大人のジュブナイルだけがもつ安定感だと思う。

……と、言いつつも、伊坂作品にはじつは時折、ふいにべつの面が現れて、暴れる。まず『魔王』がそうだし、最近だとなんといっても『あるキング』だ。

わたしはこの作品を読んだときに、伊坂作品の中でじつはもっとも好きな人物——デビュー作に出てきた〝桜〟を思いだした。善とも悪ともつかない、不思議な男。善悪二元論の異邦人。銃を携帯し、悪だと断じれば相手を撃つが、その選択はひどくきまぐれで偶然性に満ちている。ジュブナイル的な登場人物でいうとスナフキンが近いのだろうか。『あるキング』を読んでいるあいだずっと、お気に入りの〝桜〟の、静かで不気味な横顔が連想されてならなかった。

娯楽小説としての伊坂作品を、スリルとスピードと危険に満ちて、緩急自在で、でも最後には必ずにこにこしながら降りることができるアトラクション――ジェットコースターに喩えるなら、『魔王』と『あるキング』は巨大迷路に似ている。読者としての決まった道筋がないから、自分で考えて、信じた方向に歩かなくてはならない。道をもどったり、迷ったりを繰りかえすだろう。どういう順番でなにを楽しめるかも決まっていないし、解釈にも人の数だけの多様性がある。不安は新たな思考を生み続け、気づけば読者の横顔もまた、善悪の彼岸を往く〝桜〟と似た、静かな暗さを得ているのだ。

ジェットコースター型伊坂に乗ってここまできたけれど、最近は、新手の巨大迷路型伊坂のことが気になっている。つぎの巨大迷路刊行はいつだろうか？　ここにも、楽しみにしている読者が一人いる。

（二〇一〇年一一月）

どるりーれーんにおどろいた。

6月某日

「……忙しい？」と、聞かれた。角川書店の担当氏にである。……い、いやな予感がする。間髪いれず、手の甲で額の汗（出てないけど）を拭いてみせた。「御社の書き下ろし（『GOSICK』の新作）で忙しいです。が、なにか？」「うーん、だよなぁ。じつは、翻訳の部署からちょっと」

角川文庫からエラリー・クイーンの新訳が出るので、『Yの悲劇』の解説を頼みたい、とのことだった。担当氏曰く「スケジュール的に厳しそうだなぁとは思ったんだけど、でも、もしクイーンのどれかの解説を桜庭さんに頼むなら、『Y』か『災厄の町』だろうなと前から思ってたんで……」。

そう言われるとどうも気になって、引き受けてしまった。

とはいえ、探偵小説は昔から好きで読んできたけれど、クイーンのことは、じつはあまりよくわからない。小学校高学年のとき、図書室で、ホームズ、ルパン、少年探偵団と読み進むうちに当然のように彼にも出会ったけれど、どうにもよく覚えていないのだ。論理的で、難しくて、しかも読者に挑戦してくる（わたしにぜったいわかるわけないのに！）という、正しいけどこわい先生みたいなイメージのままで時が止まっている。

うーん、X、Y、Z、あと国名シリーズ（エジプト十字架など）を何冊か読んだ記憶しかないなぁ、どんな作品群だったんだろ、と気になってきたので、なんとなく『災厄の町』を買ってきた。そして、近々読もうと、こわごわ仕事場の床に置いてみた。

6月某日

わたしは『災厄の町』をじつは読んだことがある、と判明する。わくわくとページをめくりながら「……あれっ、犯人知ってる」「真相わかる」「でもどうして？」と自問しながら、という、悲しいタイミングで……。

ライツヴィルという架空の地方都市を舞台に、名探偵エラリー・クイーン（作者と同名）が活躍するシリーズの一冊目、らしい。狭い町特有の密な人間関係と、ある家庭内での愛憎が描かれていて、大人になってから読むと、舞台装置に改めて心惹かれるものがあったけれど……。

7月某日

クイーンの作品には、確か二人の名探偵が登場する。エラリー・クイーン君（高名な警視の息子で、プロの探偵）が活躍する作品群が多いけれど、引退した老俳優ドルリー・レーン様が素人探偵になるシリーズも四冊ある。

というわけで、Yの解説を書くために、まず『ドルリー・レーン』シリーズ（X、Y、Z、『レーン最後の事件』）のXから再読することにする。

と……。

あっ、あれっ？　小学生のときは確か「お爺ちゃんが主人公なんて萎《な》えるぜ～」と思ったはずだけど、いま読むと、中世のお城を模した館に住む、あまりにも浮世離れしたドルリー・レーンのキャラクター性にまず惹かれる。シェークスピア劇からの台詞の引用がちりばめられた謎解きシーンなど、枯れ専の女の子にはたまらんのではないかな、とも気づく。解説のためにメモを取りながらも、舞台装置を堪能して読んだ……。

7月某日

そのまま勢いに乗って、続いてYを再読することにする。

と……。

これは、すごーい!!!

名探偵が、名探偵の約束ごとを半ば逸脱しながら、絶妙のバランスでキャラクターとして屹立《きつりつ》している。

小学生のころ読んだときには感じなかったような、寒気と、しかし本当にそれでよかったか、という迷いが生じて、読み終わった後もなかなか小説世界から離れられない。ああ、これは傑作だったんだ、大人になって再読できてよかったなぁ、と感慨に耽《ふけ》る。

7月某日

まぁ、こんな機会もないし、この際クイーンを読み潰してみようかな、と思ったタイミングで、ちょうど文藝春秋の某氏から「忙しいですか?」と連絡がくる。ついついクイーン再読計画の話をしてしまう。……というわけで、急遽《きゅうきょ》このエッセイを書くことになった。

なんとなくZは飛ばして(あまり評判を聞かないような気が……)『レーン最後の事件』を読むことにする。博物館から盗まれたシェークスピアの貴重本をめぐるサスペンスだ。

一読。……び、びっくりする。いや、どるりーれーんにおどろいた。

さて、これは、一ファンとしての私見だけども、探偵小説にはまず優れたキャラクター小説であってほしい、と思う。

作者の心にいったいどんな悪魔が巣食うのか？　これまでも、たくさんの歴史的名探偵が、作者の筆によって老いさせられたり、滝壺に落っことされたりと、悲劇的な（もしくは人間的すぎる）変質を余儀なくされてきた。

でも読者としては、「（作者のほうが老いたり、死んだりして）残念ながらシリーズは終わってしまったけど、この世のどこかに名探偵はいまもいて、この瞬間も華麗に事件を解決してるのだ。ただぼくたちにそれを読む方法がないだけ……」と信じていたい。作者は、せめて読者と同じぐらい名探偵を愛し、同時に、深い敬意を感じながら生きるべきなのだ。

といったことをしみじみと思った。しかし、ほんとに、おどろいた。

8月某日

本日三軒目の本屋で、困りきって頭をかく。

というのは、東京創元社の担当氏から「『ライツヴィル』シリーズを読むなら、『災厄の町』『フォックス家の殺人』『十日間の不思議』『ダブル・ダブル』の順で読むように」と指令（？）を受けたのだが、どこに行ってもなぜかフォックス家だけないのだ。

ま、いいや……と、内緒でこわごわ『十日間の不思議』を読み始める。

これは、面白いぞ！

地方都市。うつくしい孤児のヒロインが、足長おじさん的に子供のころから守ってくれた老富豪と結婚してしまうが、夫に優しく支配される満たされぬ生活の中、事件が起こる……。父と子、愛と支配、という粘っこい舞台設定が好みで、でも、これも……なんと小学生のときに読んでた。だって、またもや真相を知っている！　がっかり、愕然と読み終わった。

（読む順番の問題は、ハヤカワ・ミステリ文庫の八三ページと八四ページに災厄とフォックス家の真相が書かれているので、ここさえ飛ばして読めば大丈夫だと思う。あと解説にネタバレがあるので先に読んじゃだめ）

9月某日

某氏から「で、エッセイはできましたか？」と連絡がくる。ちょうど、ライツヴィルシリーズの四冊目『ダブル・ダブル』と、大都会ニューヨークで起こる大量殺人『九尾の猫』の後（ちなみに、自分がことごとく真相を知っていることにもすっかり慣れた今日この頃だ）、『ガラスの村』にたどり着いたところだった。

閉鎖されたちいさな村で起こった殺人事件！　村人はなんと、よそ者の容疑者を町の警察に渡すことを拒絶して、自分達の力で裁判（の真似）を始めた。真相はいかに？　そして、魔女狩りにも似た、村人手作りのミニ法廷はいったいどうなる？　閉鎖された環境における集団心理の怖さがじくじくと迫ってくる。

どうも、小学生のころと同じく、推理部分には自分には難しいだろうなという緊張が走るけれど、クイーン先生のつくってみせる舞台設定やキャラクターがとても好きらしい。狂信的な村の長、隠遁《いんとん》する高名な老女、森に暮らす妖精じみた少女や、せまい町のどこかにいるはずの殺人鬼など……。

でも、こんな読み方は邪道なんだろうなぁと恐れる気持ちもやっぱりあって、もしかしたらこの極度の恐れのせいで、かつて読んだことをすっかり忘れてしまったのかもしれない。もうしばらく、（願わくは、もっとこっそり。なんというか、寝床に懐中電灯をもちこむように……）クイーン再読を続けてみようかな……。

（二〇一〇年一二月）

吉野朔実のいた世界

思い起こすと、三十一年前。一九八五年八月。

わたしは自分の人生年表のこの月のところに、線を一本引いている。線の向こうは〝吉野朔実をまだ知らなかったころ〟、こちらが〝吉野朔実のいる世界〟というふうに。

あの日、自分は〝世界線〟を越えたと思っているのだ。――吉野朔実のいるほうへ、と。

十四歳の誕生日を迎えたばかりの中学生だった。田んぼの真ん中にある古い中学に、校章付きヘルメットをかぶって真面目に自転車通学していた。校内暴力の時代で、長ラン&ボンタン&剃り込み&竹刀姿の中学生が群れていて、実に馬鹿みたいだった。わたしは図書室で本ばかり読んでいた。制服改造とか面倒だし、群れるのも好きじゃない。でもじゃあ……どんな人間になりたいか？　そこは五里霧中なのに、プライドだけはエベレスト級で。

勉強は苦手で、読書は好き。家庭内では漫画禁止……。

ある夏の日。塾に行きたくなくて、プレハブ小屋みたいなボロボロのちいさな本屋の前にぼけーっと立っていた。砂塵だらけの汚いワゴンには、週刊誌と少年ジャンプとコロコロコミック。コロコロコロ……。そのワゴンの隅に、妙に分厚い、なんとなくへんな感じの雑誌をみつけ、手に取った。それが「ぶ～け」九月号だった。

砂塵をパタパタはらって、開いた、瞬間……。

あのとき……どこからか太い線が落ちてきて、人生年表にビシッと引かれた。

5歳の野原に
少年をひとり
おきざりにしてきた
今も夢に見る
あれは
世界の果てまで
走って行くはずだった真昼

巻頭に、この、かの、有名なる……『少年は荒野をめざす』の出だしの詩があったからだ。

いまや遠い、あの日の記憶の中では、とてもきれいな、うっとりするようなカラーの絵だった。淡いミントグリーンに染まった真夏の荒野。霞《かす》みながら遠くに立つ麦わら帽子の少年――。

あの少年は私
今もあの青い日向《ひなた》で
世界の果てを見ている

緑の荒野と、青い夏の空と、遠い少年のコントラストがいまも忘れ難い。あのとき感じた正体不明の若い感動に満ちている。

その決定的な時間のあと、十四歳のわたしは、震えてページをめくる。

そして、狩野《かりの》のいる三年四組のざわめきの中へと吸いこまれていく……。

この日、わたしは生まれて初めて漫画誌というものを買った。どの連載も面白くってびっくりした。それから毎月、こっそり「ぶ～け」を買っては隠れて読んだ。

中でも『少年は荒野をめざす』は、つぎの号をジリジリ待ちながら暗記するほど、繰りかえし読んだ作品だった。そのうち毎月の連載だけでは読み足りなくなった。そこでバスに乗って駅前の繁華街まで出向き、おおきな本屋でぶ〜けコミックスを探して、買った。

二〇年代のニューヨークを舞台にした『HAPPY AGE』がことにお気に入りだった。火災のサイレン、厚化粧、情け知らずのネオンサイン。きらきら光る甘エビのカクテル。そして夜目にも麗しい密造酒《ムーンシャイン》……！

『グルービィ ナイト』も。あ、あとそれから『王様のDINNER』も好きだった！ 隠れて、大事に大事に何度も読んだ。表題作もよいし、「TRISTAN」のラストも、よすぎた。デビュー直後に描かれたらしき絵柄のちがう短編も入っていた。王道の少女漫画を描こうと苦労されている気配もあったが、でも、でも!!! たとえば孤独な美女の如月さんが後に『月下の一群』の主子《しゅうこ》になったのかもとか、黒髪をたなびかせる変わり者の雛子ちゃんは狩野に転生したのかなとか、翅《はね》の片鱗を見る思いがしたのだ。

『天使の声』は豪華ワイド版だったから、カラーのきれいな絵をおおきなサイズで見られるのもうれしかった。収録作「眠れる森」から日本文学の影響を色濃く感じ、心打たれ立ち尽くした。……さてこの辺りで既刊が尽きてしまい、再び「ぶ〜け」頼りになったが。後に『いたいけな瞳』の連載が始まったときも、あぁ、吉野作品からまた日本文学の響きがコトコト聴こえるぞ、と思って、わたしはどきどきどきどきどきした。

思い返してみると……。

いまなら、よくわかる気がする。

あのころ、大人の発する言葉が胡散臭《うさんくさ》すぎて信じられなくて、怒ったフグみたいにポンポンふくれあがって歩いていた自分が、「でも吉野朔実は……信じられる！」と感じていた理由が。

時が経って、自分もまた大人になり、大人にできることとできないことがわかってから振りかえると、改めてあの〝稀代の少女漫画家〟〝うつくしき異能の人〟――への尊敬の念に打たれ、頭《こうべ》を垂れる。

吉野朔実は、読者である子供たちの中にある、知性、読解力、個性を、自然なこととして認めてくれていた。作品から伝わってくるその信念に、あのころ、どれだけ救われたことだろう。そのうえで、読者が安易に主人公と同化することを許さない潔癖な姿勢もあった。〈かっこつけて生きてるわよ。スタイルのない人生なんてクズよ〉――という『ぼくだけが知っている』の葛木《かつらぎ》の台詞そのままの、硬質な美学を貫いていた。

吉野作品では、読者が主人公の価値観を知って感情移入したころに、〈おまえの大事が俺の大事と思うなよ――っ〉と根本からひっくり返す他者が登場する。それによって、主人公も読者も〝自分という最大の謎〟への問いを突きつけられる。

だから、作品を読み終えるたび、新たなる問いを得ている。

あのころ、そんなふうにわたしの〝内面の存在〟と〝成長する意思〟を信じてくれた大人は、周りにいなかった。甘やかさず、突きつけつつも、独立した人格として扱ってくれた人は、誰も。見た目も、発する言葉も、子供っぽかったし、それに、なにより……わたしは、女の子だった。

名も無き、ちいさな、とるに足らない子供の内面を信じる……。大人になったいまもそのことに感謝している。だからこそ、吉野朔実がわたしの師なのだ。

閑話休題。

それに、しても、である……。

それから長きの時が経ち、自分も物を書く側になったいまになって、気づいたこともある。

『ジュリエットの卵』『瞳子』『ECCENTRICS』など、自意識の世界を描く作品を、あれだけの密度を持って造りきることの〝内なる困難さ〟についてだ。

自分の内部だけを見ながら内部についての物語を描くことはできない。ましてや吉野作品のような〝広大な内部〟を描くことは。

あれらを描くために、吉野朔実はどれだけ〝巨大な外部〟を必要としたのだろう。質量として内部を圧倒するだけの外部を持つことで、ようやく物語化が可能になるのが、自意識の世界だからだ。

その外部の芳醇《ほうじゅん》さを読めるのが、本誌で二十五年間も連載されていた読書エッセイ「吉野朔実劇場」だった。たくさんの本と映画、そして個性的な友人たち！

その連載の途中から、わたしも出版界で働くようになった。だがかくも魅力的な吉野朔実の外部については、憧憬《しょうけい》とともに遠くから読み続けてきた。

二年前の春のこと。

とある出版社がフェアを開催した。漫画家の先生方に、その出版社から出ている本の中から気に入った登場人物を選んでもらい、帯に絵を描いてもらうという企画もあった。ある夜。帰宅し、ポストから郵便物を出して抱え、部屋に入った。封筒の一つから、まったくの不意打ちで、それが出てきた。

コロコロコロ……。

吉野朔実先生が帯に絵を描き下ろしてくださった、自分の本だった。

（もしかして）

あのとき体を貫いた恐怖は、忘れ難い。

（……読みましたか？）

向こうからもこちらが見えていることもある。わたしの書いた文章が吉野朔実の外部のひとつとなり、間接的に繋がることも……。

ここは恐ろしい未来だった。

わたしは泣いた。

「関係ない事……。知らなくていい事。見ないで！　こっちを見ないで……」

感謝と、変わらぬ尊敬の念と、でもその尊敬から生まれてしまう憎悪と、憎悪を自覚した自己嫌悪と、不意打ちの驚きと、そしてやっぱり、尽きることなくあふれる師への尊敬の念とで……。

自分という人間がいまここに存在していることさえ、恥ずかしかった。

吉野朔実先生。吉野朔実先生。吉野朔実先生。

わたしは本棚に大切にしまった。

そして二〇一六年五月。人生年表に、二本目の線が引かれた。

〝再び吉野朔実のいない世界〟にいる。

ミントグリーンの荒野よ！

荒野よ！

世界の果てよ。

吉野作品は……哲学的なところも素敵だなぁ、とわたしは折に触れ、うっとりと考えたものだった。少女狩野がテーゼ、少年陸《りく》がアンチテーゼで、否定の否定でついにアウフヘーベンに至ったのが『少年は荒野をめざす』のラストシーンであるなら、矛盾して揺れ続ける自分のこの思いにも、いつしか終わりの時がくるのだろうか。永遠にこなくていい、といまは思っている。黒蝶のように舞う吉野朔実の、問い、問い、問いの大群に、まだまだ、まだまだ、翻弄されていたいのだ。

（二〇一六年八月）

「谷崎の作品を、三つ挙げろ！」

ミステリ界の諸先輩方とお会いすると、しばしば起こるのが、銃口を突き付けての「三つ数えろ！」ならぬ、

「三つ挙げろ！」

である。

ディクスン・カーの作品で好きなものは？　クイーンなら？　じゃ、クリスティならどう？　さぁ、さぁ……早く……「三つ挙げろ！　早く！　さぁ言え、後輩!!　さぁさぁ……」という、楽しくも緊張感みなぎる会話ゲームである。面白いけれど、正直ちょっとチビりそうにもなる。

ところで、谷崎潤一郎の話である。

谷崎と言えば「細雪」に「痴人の愛」。繊細な美意識を持つ純文学作家として評価が高い。だがその一方で、じつは日本における犯罪小説家の先駆けでもある。「途上」「金色の

死」によって彼《か》の江戸川乱歩からの尊敬を一身に集めた、日本ミステリ界の雄なのだ。

じゃ……谷崎で三つ挙げるなら、なんだろうなぁ。さぁ、さぁ……早く……。後輩っ、早く!! 三つ！ え、えぇーと……。

わたしならこれ！「刺青」と「幇間」と「お艶殺し」！

……そう。人の嗜好はあまりにもそれぞれ。三作とも重なる人とはほぼ会うことがないのも、このゲームの面白いところなんです。

谷崎の個性は、いうまでもなくあの被虐性にあるとわたしは思っている。いま挙げた三作も、女性に振り回されて破滅していくお話ばかりだ。とくに「お艶殺し」は、和製カルメンを彷彿とさせる悲劇的ストーリーながら、主人公の男性がマゾヒスティック。「俺はお艶に捨てられる、もうお艶に虐めてもらえない……そんなのいや、いや……」と、震えながら及び腰で女を殺すラストシーンは、本当に〝いまだかつて読んだことのないタイプの殺し〟で、圧巻であった。

「刺青」「幇間」も、女性が膨張していき、男性側はうっとりと縮んでいく奇怪な物語である。

さて、本巻に収録されている「途上」（一九二〇／大正九年）と「私」（一九二一／大正十年）などの犯罪小説は、いずれも見事な論理性で構築されている。当時の日本では、ミステリと言えば海外作品の翻訳がほとんどで、読者たちは、森下雨村編集長による雑誌「新青年」を通じて嗜んでいた。国内作品を探すと、黒岩涙香による翻案小説「噫無情《ああ》」「巌窟王」などのほか、岡本綺堂による江戸版シャーロック・ホームズこと『半七』シリーズが、かろうじてあったくらいである。

日本初の大型新人ミステリ作家、江戸川乱歩のデビュー（一九二三／大正十二年）より前に、じつは谷崎潤一郎御大が国内ミステリを生みだしていたというのは、とても興味深い。

一方で、これらの作品に登場する犯人の造形も面白い。〝強い破滅願望〟を持ち、ついに犯罪が露見してしまう瞬間に放たれる〝私だけの被虐的なる最上の喜び〟のエキスは、「刺青」「幇間」の主人公とも重なる谷崎節でもある。

わたしは、生粋《きっすい》の谷崎好きの読者の方はもちろん、有名な長編を読んだけれど、じつはそこまで谷崎にはハマらなくて……という方にも、ぜひこの犯罪小説集を読んでもらいたいと思っている。彼独特の不思議な世界への入り口ドアは、たくさんある。このドアから入るのも、新しい出会いとしては幸せな体験だからだ。

（二〇一七年一月）

心に残る「北欧神話」の世界

悲しいとき、条件反射みたいについ思い出すのが、『北欧神話』に出てくる〝知恵の泉〟のエピソード……。

『北欧神話』を言い伝えたのは、北ヨーロッパのゲルマン人だ。金髪で長身、筋骨隆々。鉄兜《てつかぶと》や毛皮を身にまとっている、こう……バイキングみたいな人たち、だろうか。

舞台となるのは寒々とした大地。その中央に屹立するのが世界樹ユグドラシル。ブロンドの髪をなびかせる美しい神々と、恐ろしき巨人族が、反目しあって暮らしている。いつの日かやってくるラグナロク（世界の終わり）の気配がいつも漂う。

まずは神々のキャラクターが魅力的だ。

主役はオーディン。神々の父で、思慮深き師。金の兜をかぶり、八本脚の灰色の馬にまたがり、槍を持っている。知恵、思慮といえばこの神さま。神秘のルーン文字を発明したのもこの人だ。

ヒーロー役はトール。赤髭を生やした筋骨隆々の雷神。武器は鋼鉄ハンマー。投げると必ず相手に命中し、自然と手に戻ってくるという優れものだ。

このトールを英語読みすると、ソー。映画『マイティ・ソー』の主人公が彼だ。映画ではかっこいいけれど、神話のほうでは、巨人族に盗まれたハンマーを取りかえすために花嫁の女装をさせられ、わぁわぁ悲鳴を上げたりと、ときどき三枚目でもある。

トールに女装させた犯人が、ヴィラン（悪役）たるロキだ。色白で美男子。性格は最悪。気まぐれでいたずら好きで二枚舌で狡猾な男で、〝良いことも悪いこともするロキ〟と呼ばれている。神々が困ったとき、巨人族との間に入ってうまく渡りあってくれたりもするけれど、じつはそもそものトラブルの原因が彼だったり……。

ヒロイン役は愛の神フレイヤ。美人で色っぽく、神だけでなく巨人族にもモテる。なぜか二匹の猫が引く馬車（猫車？）にはりきって乗っている。

『北欧神話』をまとめた本は、プロローグに〝世界の始まり〟、エピローグに〝世界の終わり〟をおき、その間にさまざまなエピソードをはさむ連作短編集という作りが多い。このエピソードがどれも面白い。世界観とキャラクターがしっかりしているからだろうか。

わたしがとくに好きなのは、愛の神フレイヤの旅のお話だ。

神々の国に、悪たれのロキが黄金を持ちこんだ。フレイヤがその魅力に取りつかれる。

夫と子供をおいて出かけ、小人の男たちとよからぬことまでして、黄金の首飾りを手に入れる。でも帰り道に反省し、「夫に謝ろう」と思う。帰宅すると、なぜか夫の姿は消えている。フレイヤは嘆き悲しみ、猫車で世界中を彷徨って夫を探す。だが何年経ってもみつからない。

あるとき、神々の国の番人に助けを求める。すると番人はこう答えた。

「探されている人は、探す人が行かなかったところにいるものです。探す人が行った後なら、どこにでもいる。だからけっしてみつからないのです」

このエピソードが、なんだか……探されている人が死者、探す人が生者のように思えて、妙に心に残るのだ。

ほかにも、誰にも倒せないはずの少年をロキがヤドリギの小枝でうまく殺しちゃった話とか、トールの妻の金髪がとつぜん消えた話（犯人はもちろんロキ）など、盛りだくさんだ。

さて、時は流れ。この世界に、冬が三年も続く季節がやってきた。一年目は風の冬、二年目は剣の冬、三年目は狼の冬だった。いよいよラグナロク（神々の黄昏《たそがれ》）がやってきたらしい……。

あるとき、神々によって囚われていた巨狼フェンリルが、鎖を引きちぎって飛び、太陽と月を飲みこんでしまった。暗闇が訪れた。囚われの大蛇ヨルムンガンドも復活し、尾で海を思いっきり打った。すると大地に海水が押し寄せ、水底からは死者の爪でできた船が浮き上がった。

大地は揺れ、木々は倒れる。

巨人族がときの声を上げて押し寄せてくる。神々は必死で戦うものの、やがてオーディンが巨狼に飲みこまれて死ぬ。トールも大蛇と相打ちして倒れる。世界樹は炎に包まれ、すべては終わってしまった。

その後……。

青々と美しい大地が現れる。新しい太陽が生まれ、麦の穂が揺れる。

こうして長きの古代、不思議に満ちた神話時代はついに終わりを告げる。で、わたしたちのいるこの世界になった、というわけだ。

――時は遡り、まだ神々が地上にいたころのこと。オーディンが〝知恵の泉〟に出かけたというエピソードも、わたしはとくに好きだ。

神々の父オーディンは、来たるべきラグナロクのため、知識を知恵に変えねばと思って出かけたのだ。だが泉の番人は引き換えにオーディンの右目を要求した。

オーディンは了承し、泉の水を飲んだ。

すると、これから起こる最終戦争のすべてやその理由が、目の前に見え始めた。そして、わたしたちが、悲しいときやたいへんなときに立派な態度でいれば、それが世界に一つの力を残すこととなり、その力こそが、ずっとのちの世において、恐怖や悲しみや絶望を持ってやってくる悪者を滅ぼすことになるのだ、とわかった。

オーディンはそのことを理解すると、自分の指で右目をひっこぬき、知恵の泉に落とした。泉の底に神々の父の目玉が落ちていく。オーディンはうなだれ、マントで顔を覆う。

泉の底にはいまも、神々の偉大なる父オーディンの目玉が沈んでいて、物悩むわたしたちの顔をじっと見上げているのだ。

（二〇一七年八月）

書き下ろし1

浅草革命
『むかしの味』池波正太郎

先日、中国史の専門家さんのお話を伺う機会があった。

かつての中国には、明だったり、清だったり、大きな国があって、周りの小国を力強く治めていた。そのころは「中華思想」という考え方が広く信じられていた。皇帝とは天から与えられた天命によって君子となるもの。そして、武力じゃなく、儒教思想などの徳で尊敬されることによって、国を統治した。だから、紫禁城では武官より文官（科挙に合格した人々）の地位のほうがずっと高かった。

周りの小国のことも、武ではなく、文の力で支配した。小国から貢物を送らせ、それ以上のものを返すことで、尊敬と忠誠心を集めた。

そんな君子が、次第に尊敬されなくなるときは、天命が尽きたということだった。天命を改めるために起こされるのが、革命だ。

……というお話を聞きながら、わたしは途中で（アッ？）と声を上げた。

（それって、あ、浅草？　浅草界隈の町内会が、なぜか同じシステムだ！）

中華思想と、地元の町内会に、なぜ共通点があるのか？　いやはや。


わたしは長らく新宿近辺に住んでいたが、さいきん東東京に引っ越した。

説明すると、東京に円を描いてくるくる回る山手線の、左側に連なるのが、新宿、原宿、渋谷、池袋など。ビルと人で溢れる楽しい繁華街。

円の真ん中に、六本木、麻布十番などの派手な街や、皇居、官庁がある。

で、円の右側にあるのが、浅草、上野、日本橋、銀座など。昔ながらの下町が多くて、歴史のある老舗と、若い人が始めた小さなこだわりのお店が隣り合っていたりして、散歩すると楽しい。折からの東東京ブームと、友人夫婦がレストランを始めたのとで、わたしも思い切って引っ越すことにした。

住んでみて、おや、同じ東京でも、西のほうとはずいぶんちがうんだなぁと思うことがある。

たとえば、先日。友人夫婦と近所をぶらついていたら、小さな焼肉屋から、近くの陶器屋のおじさんが走り出てきて、「よっ！　おごってやらぁよ。おい！」と言う。いや、その喋り方がもう、時代劇の岡っ引きみたいだし。わたしが人見知りしたので、友人夫婦が断って、また歩きだしたのだが、しばらくしたら旦那さんが「やっぱり肉が食べたかった！」と悲しみだした。「そ、そっか。じゃ、もどろう」と言ったら、夫婦二人とも「もう三十分も経ったから、さっきの店にはいないよ」と首を振る。いや、焼肉屋で三十分って、いやいやいや、まだいるでしょう、と思ったものの、戻ってのぞいてみたら、岡っ引きみたいなおじさんは、なんと、ほんとにいなかった。

この町では、とにかく、長《なが》っ尻《ちり》は野暮らしい。みんなすぐ、つぎの店、つぎの店に行く。年配の人だけじゃなく、若い人が集まるおしゃれカフェでさえ、一時間以上いるお客さんをあまり見かけない。みんな妙に威勢がよくて、店の人に対して人懐っこく、それに、金離れもいい。

あと、友人夫婦はさいきん地元の町内会に入ったんだけど、会費が月三〇〇〇円だか四〇〇〇円だかかかる。けっこう負担になる額だと思ったけど、「いや、それがさ、聞いてよ。月に一度の町内会に出さえすれば、帰りに、浅草今半の牛肉弁当を三つ四つ、瓶ビールも何本も持ち帰らせてくれるの。払った会費より多くくれるんだよ。必ず」「それじゃ足が出ちゃうじゃん。赤字の補塡《ほてん》はどうしてるの？」「会長の持ち出しだって」「ええーっ？」って、そんな町内会があるのかと、わたしはビックリした。

さらに聞くと、三・一一のとき壊れた神社の塀の補修も、町内会で（つまり会長の持ち出しで）負担した。みんななんでも会長に相談していいらしい。たとえば近くの民泊について、「泊まり客が窓から赤いブラジャーを干したりして景観が悪い」と誰かが苦情を言ったときも、会長が部屋のオーナーを探しだし、苦労して解決した。

つまり、この町の町内会長ってのは、時代劇に出てくる〝親分〟みたいな存在なのかな？

なんて考えていたところ、仕事先で中国の「中華思想」のお話を聞き、「あっ、似てる！」と思ったのだ。

町内会長は、みんなが納めた会費以上の見返りを与えることと、尊敬されることで、町を手中に収めている。いつか彼の天命が尽きたら、浅草革命が起き、つぎの会長がこの町を手に入れるのだろう。

という前置きが長くなったけど。そんな東東京に住むようになってから、わたしは久しぶりに池波正太郎のエッセイを読み返すことになった。

だって、近所の老舗が紹介されているから、おいしそうだなと思ったら今晩食べに行けちゃうしで、以前とはべつの楽しみ方があるのだ。

神田の竹むらで秋に食す粟ぜんざい。銀座の煉瓦亭のラード香るポークカツレツ。日本橋のたいめいけんで注文する昔ながらのカレーライス。ページをめくるだけで、香ばしくて懐かしい香りがホクホク漂ってきそうだ。

江戸時代からの下町文化を愛しつつ、近代化による変化も柔軟に楽しむ池波御大の筆から、東京の近代史が読み取れるところも興味深い。

池波正太郎は一九二三年浅草生まれ。小学校を出ると兜町に勤め、自転車で使い走りする毎日となった。その途中で銀座の資生堂パーラーに寄り、チキンライスに舌鼓を打ったりしていた。店員の山田くんと親しくなり、ミート・コロッケやマカロニ・グラタンを勧めてもらったり、クリスマスにプレゼントを交換したりもした。やがて太平洋戦争が始まり、二人とも出征。ある日、横須賀の海兵団で再会できたものの、その後のことはお互いわからない……。

敗戦後は役所に勤めたが、食べるものがなく、体重が四十二キロまで落ちた。そんな池波がようやく日本の復興を感じたのは、やはり外食。蕎麦屋の復活からだった。

そして、昔は男女の逢い引きにひっそり使われたという甘味屋に、いまでは女性客がひしめいているのを見て、時代の変化を悟るのだった。

そんな食べ物と町と人の描写から、生きた昭和史が読み取れるところが、まず面白い。

それに、わたしが東東京の飲食店で感じている「食べたらすぐ帰る」「お店の人にリスペクトがあって丁寧」「金離れがいい」という客層が、まさに池波そのものなので、膝を打つシーンも多いのだ。

たとえば池波は、初めて入る寿司屋では、テーブルに座る。カウンターは常連客の指定席かもしれないから、遠慮するのだ。

また、ある夜、京都で行きつけの松鮨に入ったら、なぜか主《あるじ》に露骨にいやな顔をされた。池波はさっそく食べログに悪口を書いた……というのは冗談で、スッと理由を推理した。そうか、「今日、仕入れた材料が気に入らないにちがいない」と。そこで「いまは腹がくちいので、夜更けに食べたいから海苔巻を折にして下さい」と頼むと、主は途端に笑顔になったのだった。

お客さんだからとふんぞりかえらず、そんなふうにして、常にお店の側に立って考えている。

室町の天ぷら屋、はやしでは、カウンターに腰を落ち着け、日本酒二合、つまみ、天ぷら、ごはん、席を変えてのお茶と果物で、小一時間。亡き祖父から「天ぷら屋には、長ながと腰を落ちつけるものじゃあねえ」と教えられたとのことで、しっかり食べて、パッと支払い、サッと帰る。

読んでいるうちに、この人のこだわりは、自分の見栄のための美学じゃなく、お店への敬意であり、食べ物とお酒と人間が大好きな人なんだなぁとわかってくる。そんな池波と面差しの似た、威勢のいい下町の人たちのことも、より深く理解できるような気がする。

池波は、主に東東京、京都、パリの食べ物のことを熱心に書き続けた。わたしも好きな町ばかりなので、読むのにも熱が入る。

一九九〇年、空前のバブル景気の最中、池波は病でとつぜん亡くなった。

改めて読むと、池波のエッセイには、バブル前の日本の美意識がある。その空気と、いまの東東京ブームとが、わたしにはどこかで繋がって感じられる。客も、見栄や値段じゃなく、ほんとに好きだと思えるものを嗜んで、心地いい時間を過ごそうとする。お店の人も、自分の作るものを大事にしている。両者がリスペクトしあうことで、心地いい空間が作られる。

さいきん、東東京の若い人向けのちいさなお店でも、そんな心穏やかな光景によく出会う。きっとまたいい時代がきたんだと、そんなときふと思う。いつかまたどこかに引っ越すかもしれないけど、しばらくはわたしもこの町にいよう、と。

そして、ある日、浅草革命が起こったら、この目で見届けちゃうぞ、なんてね。

書き下ろし2

『IT』スティーヴン・キング
あのころの仲間と再会する

東東京に引っ越すとき、古い家具やら服やらをごっそり処分した。身軽になって気分がよかった。さらに、新居に住み始めてから「これもいらない」と思って友達にあげてしまったものがある。

テレビだ。

ちょっと前までは、夜はテレビをつけっぱなしにしたまま、ご飯を食べたり、本を読んだりしていた。でもだんだん、人の欠点をあげつらったり、毒舌で貶《おとし》めたりする声がテレビから聞こえてくるのを、（辛いな……）と感じるようになってきた。気づいたら、テレビに代わって、生活の場にはiPadがあった。タブレットを通して、NetflixやHuluで好きなドラマを観る。「ビッグバン・セオリー」や「マスター・オブ・ゼロ」、「ブルックリン・ナイン-ナイン」……。

中でも、さいきん気に入っているのが、「フラーハウス」だ。

八〇年代後半にスタートしたアメリカの大人気シットコム「フルハウス」が、二十九年後に復活した続編だ。もともとのドラマはというと、妻をなくした主人公、妻の弟、友人という若い男三人組が、協力しあって三人の娘を育てる子育てホームコメディだった。で、続編は、四十歳近くになった長女D．J．が、夫をなくして実家に戻ってきて、妹と友人の女三人組で助け合って三人の息子を育てるという、やはり子育てホームコメディだ。昔と同じ俳優さんたちが仲良く集結しているのも見所だ。

わたしはもとのドラマの視聴者じゃなかったので、「フルハウス」と「フラーハウス」を交互に観るという変則的な視聴をしている。だから、さっき「フルハウス」で六歳だった次女ステファニーが、「フラーハウス」のほうではもう三十七歳だったり、若々しかったお父さんが急におじいちゃんになってたりして、びっくりする。

「フルハウス」のファンには、家庭に恵まれず、こういう温かなリビングを知らない人たちも多かったという。そしてキャストたちもまた、父親の役を演じながら、家庭を知り、番組と一緒に成長したと語っている。

わたしも、ドラマを通じて「そうか。こうやって親から間違いを正され、愛し、信じてもらって、人は大人になるのか」「これが家庭か」と、この歳になっていまさら成長しなおすような妙な感覚になる。「フルハウス」シーズン6の17話で、次女ステファニーと叔父ジェシーがクラスメートを虐待から救う展開では、ドラマを通して、二人が自分を助けてくれたような、不思議な忘れがたい感動を覚えた。

「フルハウス」は、三人の少女が、思春期の憂鬱や不幸な事故など、〝姿の見えない怖いもの〟に捕まらず無事に成長するお話で、「フラーハウス」は、中年にさしかかったかつての少女たちが、協力しあって人生の〝実際の困難〟を乗り越えていくお話。交互に観るなんて、変則的だけど、面白かった。


おや、さいきん、そんな変則的な構成の本を読んだな。

そうだ、スティーヴン・キングの『ＩＴ』（小尾芙佐訳・文春文庫）だ！

舞台はアメリカの田舎町デリー。一九五八年、町からつぎつぎ子供たちが消える。犯人はピエロのお化けペニーワイズ。それは大人には見えない。それは子供に恐怖を与えることで美味にする。そして、それは美味になった子供たちを喰ってしまう。

ビル、ベン、ベヴァリーなど、七人の少年少女が、協力しあい、ペニーワイズと対決する。

　この一九五八年の物語が、さっきのドラマの話題でいう「フルハウス」部分。つまり過去パートだ。少年少女が直面するのは、ピエロに姿を変えた〝成長恐怖〟。ドラマとちがって、こっちのお話に、大人の助けはない。子供たちだけで、信じ、協力しあって乗り越える。十代の通過儀礼の物語だ。

子供たちは、見事にペニーワイズを倒した後、町を離れる。大人になり、誰もが不思議とそのことを忘れてしまう。

そして時が経ち、二十六年後の一九八四年。デリーに再びペニーワイズが現れ、行方不明者が続出する。町を離れて暮らしていたかつての少年少女たちの記憶も蘇る。いまや四十歳前後になったビル、ベン、ベヴァリーたちが、一人また一人、デリーの町に帰ってくる。再びあの怪物を倒すために。これが、ドラマの話でいう「フラーハウス」部分だ。こちらは、不安定な青年期を過ぎ、それなりの地位にあり、かつ老い始めた人たちの中年の危機（ミッドライフクライシス）がテーマだ。それは若い人には見えない。それは老い始めた人に恐怖を与える。そしてそれは彼らを喰ってしまう。

思い返せば、子供のころは、自分の命が軽かった。だから、高いところから飛び降りたり、泳げないのに水に入ったりと、平気で危険なことができた。いろんなことを抱えているいまのほうが、あのころよりも臆病だなと感じる。

大人になったビルが、ペニーワイズと戦う前に、仲間に向かって気弱そうに、怪物を「きっとまたやっつけられるよ」「そうとも、ビル」とささやきあうシーンが、わたしは妙に好きだ。中年期のなにがしかの危機を乗り切るとき、あのころの仲間との再会は意外とおおきいと思うからだ。「フラーハウス」の主人公たちが、再び集まって、支え合っているように。

小説『IT』は、一九五八年の少年少女版と一九八五年の大人版を章ごとに交互に描いている。そう、ちょうどわたしのドラマの見方みたいに。一方、映画『IT／イット〝それ〟が見えたら、終わり。』（二〇一七年公開）は、少年少女版だけを描いている。世界中で大ヒットし、ただいま、大人版となる続編を製作中だ。

そういえば、だが。

わたしが東東京に引っ越したのも、二十代のときよくつるんでた子が、旦那さんとレストランを始めたからだった。そこに顔を出すと、懐かしい顔ぶれにも会えるしで、気づいたらまたよく遊ぶようになった。もしかして、わたしにも、姿の見えないそれがいるのかなぁ？　若い人には見えない。年を取った人にも見えない。まぁ、そうだとしても、

「きっとまたやっつけられるよ」

書き下ろし3

名前のない色をしたあの夜明けについて

『表参道のセレブ犬とカバーニャ要塞の野良犬』若林正恭

成田空港を出てドバイ国際空港に向かう飛行機の窓から、天上の夜明けを見たときのことが、忘れられない。ピンク、オレンジ、水色に、乳白色を混ぜたような未知の色たちが美しい層を作っていた。その層がいっときも留まることなく変化し続ける。「あぁ、わたしが画家だったら、必死で記憶する。この色をキャンバスに蘇らせることに、命をかける。絶対に」と思っているうちに、輝きながら夜が明けた。朝の日差しに包まれる異国の地に到着した。

わたしは、長らく興味のなかった海外旅行に、ここ数年急に熱心になっている。きっかけは、二〇一七年にポーランドで開催されたビッグブックフェスティバルにゲスト出演したことだ。一人で海を渡り、仕事をし、自費で長めに滞在して、観光もした。

人と一緒の旅行だと、どうしても、旅に詳しい人や英語が話せる人に頼ってしまう。でも一人旅には、大変な一方で自由があり、楽しかった。東欧の歴史についてもよく学べたし。そこで翌年から、一人で海外に渡り始めた。

といっても、いきなり難易度の高い国に行くと、手痛い失敗をして、旅行自体が苦手になりそうなので、まずは翌年のお正月、初心者向けと思われる台湾に二泊三日してみた。これがよかったので、三月にはちょっと距離を延ばし、香港に三泊四日。続いて六月、英語圏であるロンドンに四泊五日。これも大丈夫だったので、味を占め、八月末からフランス語圏のパリに二週間滞在した。

帰国直後、アラブ首長国連邦で開催される国際ブックフェアに出演することが決まり、十一月、アラブ首長国連邦の都市シャルジャに向かった。仕事の前に、自費で三日間滞在して、ドバイとアブダビも旅した。

初めてのイスラム圏の国では、驚きや発見が多かった。朝はモスクから聞こえる祈りの声で目が覚める。モスクでは女性は布で髪と肌を隠さなくてはならない。バスの切符売り場も、乗車待ちの列も、座席も男女別だ。

時間の感覚もちがうようだった。フェア主催者が手配した迎えの車が、蕎麦屋の出前状態で、三時間待っても来ず、たまたま居合わせた日本人ビジネスマンに「まだまだきませんよ。これがアラブ時間ですから」と慰められ（？）た。

その一方、フェアのスタッフさん（日本アニメ好きのパレスチナ人青年）とばったり会って、お薦めのレストランを聞いたら、ひよこ豆のコロッケ（ファラフェル）屋に送ってくれ、ご馳走までしてくれた。あれ、でもこの人は仕事中じゃないのかなと思っていたら、会場に戻ったところで、上司に「おっまえ、どこ行ってたんだよ！」とめちゃめちゃ叱られていた。

日本で英語通訳をしている友人によると、彼女も昔、イスラム圏の国で似たような経験をしたらしい。道でバッタリ会った知人から「インシャラー（神の思し召し）！」と喜ばれて、ご飯をご馳走になり、あちこち案内もしてもらった。でもその知人は誰かと待ち合わせしていたらしく、「わたしにご馳走してくれている間、相手をずっと待たせてるんじゃ!?」と気が気じゃなかったという。以前、アラブ首長国連邦の隣国オマーンのカフェで働いていた知人にも、この話をしたら「あ！　確かに、会う人会う人に『インシャラー！』『インシャラー！』って喜ばれたな。で、あちこち一緒に遊びに行ったよ」と言う。

イスラム教の教えでは、人と人の約束より、偶然のほうが重んじられる、なぜなら偶然は神さまのなさることだから。って、ちょっとうろ覚えだけど、大学の社会人講座でイスラム教を受講したとき、習ったなぁ……。

なるほど、わたしの迎えの車もなかなかこなかったわけだ。人と人との約束だもんなぁ。

でも、スタッフさんにファラフェルをご馳走してもらったし、チャラだな、と納得した。

異国に行って、他者と接すると、相手の立場から見える自分を客観的に観察できるようになる。たとえば、だ。アラブ首長国連邦の人から見たら、日本人は「約束した時間の五分前になぜか全員集まっている」「偶然の出会いで突発的に予定が変わると妙に狼狽《うろた》える」という不気味な外国人の集団だ。また、共感を求めるせいで「怒りだすと一分経っても二分経ってもずーっと怒ってる（アラブの人が謝らないから！）」「自分が悪くなくてもペコペコ頭を下げる（アラブの人は謝らないのに……）」という謎すぎるアジア人だ。

こうやって、他者を触媒として自己を客観視することを、そっか、〝相対化〟っていうんだな。ま、いいことだよなぁ。

というわけで、わたしは、迎えの車がこなくて怒ってたのに（一分経っても二分経っても）、最終的にアラブをけっこう好きになって帰ってきた。


帰国後、そんな話をしていて、周囲から薦められたのが、『表参道のセレブ犬とカバーニャ要塞の野良犬』（ＫＡＤＯＫＡＷＡ）だ。

お笑い芸人の若林正恭さんが、中米の社会主義国キューバに一人旅に行った経験を描いたエッセイ。東京で生まれて、暮らし、そろそろ四十代に差しかかる著者が、勝ち組と負け組に分けられる日本の競争社会への疑問を胸に、まったくちがう社会主義の国を旅したのだ。

キューバでは洋服が配給だから、おしゃれな服がほしい若者がデザインに不満を持ちつつ我慢しているのに気づいたり。でもスーパーで売られているヨーグルトが二種類だけなのは、いろんなのがありすぎて迷う必要がなくていいなと思えたり。若者は早い段階で職業を選択しなくてはならないから、日本みたいにアルバイトしながら自分探しをするようなモラトリアム期間を持てないことにおどろいたり。

自己責任による競争社会じゃない代わりに、そのぶんアミーゴ（友人、コネ）社会だと気づいて、考えこんだり。

そこから、日本を振り返って、著者はもういちど、日本で暮らす自分の人生について考えることになる。

読んでいて、あぁ、この著者もきっとわたしと同じなんだと感じた。異国の地で他者と出会うことで、自分を〝相対化〟したくて旅をするんだな。

わたしも、いろんなことを調べて、考えて、語るけれど、それは全部を理屈で解決するためじゃなく、そうまでしてもどうしてもわからない最後の〝一点〟をみつけだすためだ。大量の砂から一粒の砂金をみつけるような作業を日々続ける。その一粒の金が小説の核になると信じて、考え、答え合わせして、相対化するのだが、若林さんの場合は、その一粒の金が笑いの核になるんじゃないのかな？

そしてわたしは、その作業の中でもっとも困難なのが、〝死〟を理解することだろうと思っている。

著者は、どうしてキューバに旅をしたのか、その本当のところを周りに言いたくなかったと記している。そのことについて書いてある、この本の後半を、未読の人にぜひ読んでほしいと思う。

わたしの身の回りでも、空を見る人、旅する人は、人の死というものに一度深く触れた経験をしていることが多いようだ。

天上が持つ意味、異国の地が持つ意味が、変わるからだろうか。

このエッセイは、ほんとなら難しいことを、とてもわかりやすく書いていて、著者の知性を感じるのだけれど、ラストの二行だけ、謎のような声、三つの色の名前を繰りかえす著者の声で、とつぜん終わる。

他の読者はこのラストをどう読んだのかな？　ひとりひとりに感想を聞いてみたいよう

な気がする。

わたしはというと、ここを読んで「知ってる！　これはあの空の色じゃないか！」と思った。

あの日飛行機の窓から見た夜明けの色だと。

天上の世界。えいえんがあって、色の層が常に動いている、あの光景。

わたしの目にも焼きついている。

若林さんが、それを何色、何色、何色と描写したかは、大事なことだからここには書かないでおく。

ふいうちだったので、逆に、わたしの心にまっすぐ届いた。

そしてまた、旅に出たいな、と思ったのだ。

対談

道尾秀介×桜庭一樹

ミステリが好きな理由《ワケ》

出会いのきっかけは千里眼的母親と石坂浩二

――今回は初心者、再入門者向けに、ミステリの面白さを伝えるという企画です。最初に、お二人のミステリとの出会いと、どんなところを面白いと感じたかをお願いします。

桜庭　私の最初のミステリ的な記憶は、幼稚園か小学校に入った頃に、親に騙された記憶なんです。風邪薬を飲まずに流しに捨てたんですが、そうすると母親から「あんた、飲まずに捨てたでしょう」と言われて、なんでわかったんだろうと思ったら、「お母さんは神様だからなんでもわかるのよ」と。すごく怖かったんです。何をやってもお母さんにはばれるんだと思って。ところが何年か経って「おかしい」と思って母親に訊いたら、「実は流しに跡があった。子供だから水で流したりはしてなかったからわかったんだよ」と。千里眼みたいだった母親のイメージがその時なくなってホッとしたんです。怪奇的な謎があって、論理的にその謎が解かれることで恐怖が克服できるというのが大きな経験だったんですね。

――実際にミステリを読むより前に、ミステリ的な体験をしたということですか。

桜庭　ちょうどそのころ、シャーロック・ホームズを読んで楽しかったんですが、ホームズも怪談かと思うような謎に論理的な説明があって恐怖を克服できる話です。自分がそういうのを好きなのは、今思えば〝風邪薬〟の体験と重なったんだと思います。

道尾　今のお話だと、お母さんは名探偵の役どころだよね。

桜庭　でも犯人でもある。

道尾　それ最先端のミステリじゃん。

桜庭　母本人は覚えてないと（笑）。

道尾　僕は本を読み始めたのが遅かったんですが、十代後半に、TVの再放送でやっていた石坂浩二の金田一ものを見たんですね。瓢々《ひょうひょう》としたあのキャラクターに惚れ込んで、本屋さんで黒い背表紙の角川文庫の横溝正史を買ってきて読んだんです。それがミステリ小説だということも意識していなかったですが、キャラクターが良かったですね。

桜庭　キャラクターから入ることはありますよね。私も、ホームズという変わり者に、普通の人のワトソンが振り回されていて……という関係性の面白さからミステリを読み始めたというのがあります。大人になってから読むと、変わり者のホームズだけではわかりづらいので、普通の人のワトソンがそばにいて翻訳してくれる、ワトソンと一緒に驚きながら入っていける、という構図がわかる。
道尾　たしか、ハドソン夫人（ホームズの下宿の女主人）を頭の中で「ハドソンちゃん」に変換して読んでたんでしょ？
桜庭　そうなんです（笑）。女の子にとってワトソンっておじさんだから、ハドソン夫人を小さな女の子に変えて、ホームズのことが好きで聞き耳を立てている、みたいな「ハドソンちゃん」として読んでいました。
――感情移入できるキャラクターがいた方が読みやすかったんですね。
桜庭　当時はそうです。おじさん二人の世界には入りづらかった。今は大丈夫ですけど。
道尾　でも、自分の中でキャラクターを変えてまで読み続けようと思わせるほどの魅力がそのおじさん二人にあったわけだから、すごいですよね。
――この一冊でミステリが決定的に好きになった、という作品はありますか。
桜庭　名探偵ものから、今自分が書いているようなサスペンス方向の作品を読むようになったきっかけが、カトリーヌ・アルレーの『わらの女』。そこからシャーロット・アームストロングとかパトリシア・ハイスミスとかウィリアム・アイリッシュとかを読むようになりました。

道尾　僕の場合、決定打は阿刀田高さんの、いわゆる「奇妙な味」と言われていた短編集ですね。『食べられた男』というタイトルの一冊をたまたま手に取って、それで衝撃を受けた。だから僕にとってミステリのイメージは、謎解きとか探偵とかよりも「奇妙な味」のほうが強いです。

ミステリの魅力は恐怖の克服とサプライズ

――お二人にとって、ミステリの一番の魅力とは何でしょうか。

桜庭　私はわからないものが怖いんです。自分が親じゃないから親って怖いし、男じゃないから男の人が怖い。ミステリの魅力って、謎が解かれることで、わからないものへの恐怖が一緒に克服されることですね。だから名探偵が出てくるものって好きで、アガサ・クリスティなんか昔、ジャンキーみたいに一日二、三冊くらい読んだことがあります。名探偵が出てこない『そして誰もいなくなった』はすごく怖かったですね。誰に頼っていいのやら、という感じで。ミステリもホラーも好きという人が多いけど、私はホラーが結構苦手で、わからないまま終わるのが怖い。道尾さんにとってミステリの面白さは？

道尾　他人の書くミステリに関して言えば、月並みだけど「驚き」。でも日本語で言う「驚き」というのとは違って、イメージとしては「サプライズ」かな。ほら、たとえば女の子の誕生日に用意するサプライズとか、ああいう意味の。予期しないプレゼントで予期しない楽しみ方をさせてもらった、というね。ただ自分の作品に関しては、書評とか感想で「驚いた」なんて言われてしまうとがっかりする。驚かせるために書いてるわけじゃないですから。さっき言った誕生日のサプライズとか、そういう意味で言ってくれているならまだいいのですが、驚かなければ良質のミステリじゃないというような意味合いがそこに感じられると、すごく嫌なんです。

桜庭　誰が言ったのか忘れましたが、ノワールについて、事件が解決したあとに、それゆえに人間の心の怖さが残って、読んだ人が読む前とは別の世界のように感じるのが良いノワールであると言っていました。解決することで世界がもっと怖くなる、そういう小説を私は面白いな、と思う。単純な驚きも好きですが、ＴＶのサスペンスドラマみたいに人間の心って単純に解決しないから、その謎が最終的に残って終わるのがいいかな、と。

道尾　登場人物が、最初はぼやけたシルエットだけで見えていたのが、薄紙を一枚ずつ剥いでいくみたいにだんだん姿が見えてきて、最後の一枚を剝いだ時に予期せぬ人物像が出てくる……ミステリは他のジャンルに比べて、きっとその最後の一枚が厚いんですよ。最後の一枚に特殊な紙を使っている。

謎を残す名作を読むことは受動ではなく生々しい体験

道尾　桜庭さんは、書く時は「今回はミステリを書こう」と意識するの？

桜庭　私の場合は、ガチガチのミステリはすごく好きですが書けないので、必要なときに効果的になるようにミステリ的な要素を入れています。自分ではサスペンスという言葉を使いますが、ミステリというとちょっと違うかもしれません。でもミステリ扱いされるのはとても嬉しいです。

道尾　ミステリって憲法第九条みたいなところがありますよね。まず行為があって、それから条文ができたはずなのに、今は条文を読んで、それをどう解釈するかみたいな話になっている。何をするか、何が行われているかが大事なはずなのに。本格ミステリのコードとかアンフェアという言葉を使いだすと、小説に但し書きがついてしまうようで面白くない。

桜庭　そうしたコードは壊すためにあるんですよね。こうはなっているけど、次は違う、といった。

道尾　壊すための制約ならいいんだけど、そういう考え方で読んでくれる人はむしろ貴重だと思います。僕はミステリと呼ばれるものを書いたけど、トリックで読者を騙すのが目的ではなく、手段としてそれを使っているだけであって、そっちばかりを取り上げられるのは……たとえば一生懸命絵を描いて、その絵をもっとよく見せるためにぴったりの額縁を探してきたら、その額縁だけを褒められたようなもの。額縁さえなかったら、絵のほうをもっとじっくり見てもらえたかもしれないなあ、なんて思ってしまいます。

桜庭　逆に私、ミステリを読めないという人から、〝変な探偵が出てきて解決するじゃん、全然意味がわからない〟と言われて。そうすると、ミステリの魅力をどう言っていいかわからなくて……。

道尾　それはつまり、そういう理由で「読書は好きだけどミステリは読めない」ということ？

桜庭　だと思います。道尾さんだってミステリじゃないものを書くようになってきているから、ミステリ的な部分は読まないという読者も増えてくるんじゃないでしょうか。今回、道尾さんはお薦め作品として『エクソシスト』を持ってきていますが、ミステリと思われていなくても、実はミステリ的な要素がある話もありますよね。

道尾　そういう話は好きです。『エクソシスト』はホラーだと思われていますが、良質なミステリ。究極のリドル・ストーリー（結末が謎のまま残るスタイル）なんです。文章も猛烈に巧いですよね、ブラッティは。脇役からその家族から、全員の描き込みが深くて、人間ドラマとしてもいい作品だし、しかも、こんなにすごいミステリ要素まであるという……最高の額縁に最高の絵が入っているような一冊。ただ、リドル・ストーリーって、最近の若い読者には敬遠されるそうですよ。はっきりしないから。きっと、読書がどんどん受動的になっているんですよね、本当はものすごく能動的なものなのに。それこそ「ハドソンちゃん」みたいな読み方をすればいいんだけど。

桜庭　私も、読んで全部がわかるんじゃなくて、読んだあとに謎が残っていろいろ考えるのがいい本だと感じています。だから読書は単なる逃避や刺激ではない生々しい体験なんだと思います。

まずは入り口にして欲しい魅力溢れる三冊×二

――道尾さんと桜庭さんの「ミステリ再入門」としてのお薦めの三冊を紹介して下さい。道尾さんは、ブラッティの『エクソシスト』については今触れたので、二冊目のトマス・H・クック『緋色の記憶』を。

道尾　こんなにすごい文学作品があるのかと、読んだ時に強烈に思わされました。

桜庭　これは怖かった。人間が怖い、善人が怖い、という……。

道尾　クックの『記憶』シリーズならどの一冊でも良かったんですが、とにかくみんな、ストーリー以上に文章に迫力と美しさがある。

桜庭　それこそ、ミステリが苦手、名探偵が苦手……という人が、普通に読んで面白いんじゃないですか。

道尾　ラストは本当に涙が止まらなかった。人間の怖さもそうですが、人間の存在の虚しさを描くのが得意な人だと思います。

――道尾さんの三冊目はフレドリック・ブラウンの『まっ白な嘘』です。

道尾　これは短編集ですね。ここに「叫べ、沈黙よ」という作品が収録されていますが、このレベルの作品が書けるなら寿命が五年くらい縮んでもいいいと思うくらいすごい一編です。ブラウンは、訳の巧さもあるんでしょうが、最短の文字数で人間の特性を描写できてしまう人。小説は、同じ効果を与えられるなら、短ければ短いほどいいですよね。

――桜庭さんの三冊は、最初は先ほども言及されていたコナン・ドイルの『シャーロック・ホームズの冒険』、それからアイザック・アシモフの『黒後家蜘蛛の会1』、この二冊が短編集ですね。

桜庭　ミステリがすごく好きな人がホームズを好きなのかは逆にわからないところがあって、つまり古典ではあるけど論理的と言いきれるかどうかはわからない。でも娯楽小説としてすごく面白いと思うし、短編の中の構成もすごく巧いし、当時のロンドンの描写とかも楽しいので、入門編としていいと思います。『黒後家蜘蛛の会』というのは、毎回社交クラブみたいなところに紳士が集まって、誰かひとりが最近身の回りで起きた出来事の謎を話すんです。紳士たちがいろんな推理をするんですが全部外れる。そこにウェイターのヘンリーというのがずっと話を聞いていて、彼が正解を出す。大きな事件ではなく日常的な謎が解けていく連作で、短いし、論理的でもあって、これは抵抗なく読めると思います。それこそ、こういう場所（対談の場所）で推理合戦をやってそうな感じ。ミステリ的な雰囲気もあります。

道尾　雰囲気は大事だよね。そういえば、いろんな小説ジャンルの中で、様式美を持ってるのはミステリくらいかな。

桜庭　様式美を初心者でも楽しめるのがこの二冊ですね。こういうところから始まって、もっと論理的な話が好きな人はがっちりした本格に行くし、キャラクターどうしの掛け合いが好きな人はそれこそ『ジーヴス（P・G・ウッドハウスの小説の主人公）』のシリーズなどに行くし、もっと人間のドラマが読みたい人はサスペンス……と分かれるでしょうが、入り口としてはここだと思う。

——桜庭さんのもう一冊は、クレイグ・ライスの『こびと殺人事件』です。

桜庭　ライスはキャラクターが立っていて、仲のいい若い夫婦と友達がバタバタする設定。事件そのものより、舞台装置とかキャラクターとかのドラマを楽しみながら、なおかつ事件も解決していく。

――お二人ともお薦め作品は翻訳もので揃えましたね。

道尾　なんでこういう時のお薦めって、翻訳ものになってしまうんでしょうか。日本の作品だって多く読んでるはずなのに。

桜庭　うーん、海を越えてまで来るくらいだから……。今でも残ってるものはすごいものなんじゃないでしょうか。

名作はネタを知りながら何度読み返してもやはり怖い

――お二人は面白い作品をどのように探していますか。

桜庭　私は昔は図書室とかで借りたり、あと十五年くらい前に早川書房からミステリとSFのハンドブックが出ていたので、それで「これが名作なんだ」と。あとは棚差しになっているのを一冊ずつ出だしを読んで、探していました。作家になってからは周りに詳しい編集さんがいるので、こういうのが好きだと言うと「じゃあこんなのは」みたいな感じでお薦めがバーッと来るから、それを読みます。

道尾　僕は本を読み始めたのが遅かったから、たとえば桜庭さんなんかと較べると、活字を読むことにかかる時間と労力が全然違う。つまり外れた時のリスクが大きいんです。だからどうしても、面白いという確信のあるものばかり読んでしまう。でもそういう追い方をしていると、読みたい本ってほぼ絶版なんです。書店には並んでないので、いつもアマゾンのマーケットプレイスで買っています。

――ミステリの場合、犯人がわかってしまうと再読する気が起きないという人もいますが、伏線の再確認など、再読には再読の楽しみがあると思います。お二人は再読についてはどのように考えていますか。

道尾　僕、同じ本を二度読んだことってないんです。だから再読をする気持ちは実感としてはわからないのですが……たとえば僕は自分の小説だけは何度も読み返すんですが、これが何回読んでも面白い。だからネタが割れることで物語のクオリティが下がるとはまったく思わないですね。

桜庭　私は何回も読み返すことがあって、一回しか読まない本はそんなに大事な本じゃないんです。ミステリの場合、特に何回も読むのは、ウォルター・モズリイの『ブルー・ドレスの女』というのがありますが、謎の女を追っていくという話で、その謎は一回読んだらわかってしまいますが、彼女が何故そんなことをしたか……という人間の怖さはものすごく残る。ロス・マクドナルドの『さむけ』も何度も読みますが、ある人間関係が別の関係だったとラストでわかるところ、タイトル通り「さむけ」がしますが、ネタをわかって読んでもやっぱり怖い。

——ミステリの読み方、楽しみ方は人それぞれで、だからこそ豊かな世界なんでしょうね。

（構成／千街晶之　二〇一〇年五月）

冲方丁×桜庭一樹
十年ぶりの同窓会!?

十年間で変わったこと

——まず、お二人の「十年」からうかがいたいのですが、十年前、どんな作品をお書きになっていましたか。

桜庭　ちょうど十年前、二〇〇三年の終わりに『GOSICK—ゴシック—』の一冊目が出て、作家として、ようやく少し売れたんです。冲方さんはその頃『マルドゥック・スクランブル』がすごく話題になっていましたよね。たまたま担当編集者が同じで、その翌年に『砂糖菓子の弾丸は撃ちぬけない』に帯文を書いてもらいました。快く受けていただいたことをよく覚えています。

冲方　そうでしたね。作家の文字をそのまま帯に載せたいということだったんですが、字が汚いから、何度も練習した記憶があります（笑）。『マルドゥック・スクランブル』は二〇〇二年には書き上がっていて、本にしたのが二〇〇三年でした。僕にとっては本格的にメディア・ミックスを始めた頃ですね。小説、マンガ、アニメ、ゲームをぜんぶ並行してやっていました。

桜庭　そうか。冲方さんって小説を書かれるだけではなくてシナリオもお書きになるんですよね。

冲方　いろいろなメディアとの異種交流格闘技みたいなことをやってますね。今年は『攻殻機動隊ＡＲＩＳＥ』のシナリオを書きました。

桜庭　小説を書いているだけの人でも、昔よりも、映画とか音楽とかアニメ、マンガの影響で書くようになった人が増えたかなって思いますね。

冲方　そうですね。昔は作家は一人で作品を完結させるものという意識が強かったですが、いまの二十代の作家さんたちは他人の作品に関わっていくことに抵抗がなくなっていますね。忙しいから、こっちを手伝ってくれる？　と声を掛けやすい。

桜庭　たしかに、みんなで同じ世界観でアンソロジーを書く、みたいな企画も出てきているし。昔より抵抗がないんでしょうね。

冲方　柔軟になってきたとも言えるし、時代に合わせて、いろんな枠組みが壊れてきた。いろいろなことを必死にやらないと、という意識はあると思いますね。

――資料として文学賞の受賞者一覧とベストセラーリストを用意しましたが、ご覧になっていかがですか。

桜庭　本屋大賞が始まって、もう十年近いんですね。二〇〇四年。第一回受賞作が小川洋子さんの『博士の愛した数式』だったのはよく覚えています。書店発の賞というのは、その前の十年にはなかった動きですよね。

冲方　ささやかな動きから始まって、いまは大きくなりましたね。

桜庭　ベストセラーを見ると、十年前は恋愛小説が多いですね。ケータイ小説が全盛で。

冲方　ケータイが普及して、メールが格安になって、みんなが恋をしたくなったんじゃないですか（笑）。

桜庭　ここ最近は恋愛小説が減っているような気がしますね。二〇〇〇年代の初めの頃までは、男が女を助けようとして危機に陥ったりしましたけど、最近は小さい子どもを助けるため、というほうが物語を引っ張れそうな気がします。何でだろう。

冲方　物語って、モデルケースを示すことで、読者に「こんなのいいな」って思わせる。恋愛に関しては一通りみんな経験しちゃったんじゃないですか？

桜庭　女を助けて逃げてはみたけれど、そんなには――。

冲方　意外に普通の生活だったとか（笑）。いま、男性も女性も、将来の像が見えないじゃないですか。その分、未来に向けての助けになるようなものを求めている気がしますね。

子どもを助けたいというのもそうだし、ほかにも、勇気をもらえる作品や、がんばる作品が増えていると感じます。そのへんには東日本大震災の影響もあるかもしれません。

過去の遺産を「翻訳」する

——先ほど、「枠組みが壊れた」と冲方さんがおっしゃいましたが、お二人ともジャンルを超えて作品を書かれていますね。

冲方　桜庭さんが『伏《ふせ》　贋作・里見八犬伝』を書かれたのはいつでしたっけ？

桜庭　本が出たのは二〇一〇年ですね。アニメ映画になったのは去年ですけど。

冲方　桜庭さんが『伏』をお書きになって、僕が『天地明察』を書いて、若手が歴史もの、時代もの、歴史題材のファンタジーなんかをいろいろと書き始めた。あれも旧来のジャンルの枠組みが壊れて、いままでは大御所しか書いちゃいけなかったものに若手がどんどん踏み込んでいっているような気がしますね。

桜庭　時代小説というよりは、アニメやマンガ的なものですよね。現実以外を描くために、いまの日本ではなくて、昔の日本を舞台にする。

冲方　それまでオッサン向けの装丁ばっかりだった歴史小説も、潜在的ニーズとして、歴史が好きな「歴女」が出てきて、変わってきました。

桜庭　冲方さんはどうして歴史小説を？

冲方　天文暦学者の「渋川春海《しぶかわはるみ》」という人物を書きたかったからです。ずっと書きたかったんですが、実力がつくまで書けなかった。

桜庭　私の場合は時代ものというよりは伝奇ものを書きたかったんですよね。私は鳥取の山奥出身なので、わりと昔が残っている環境で育ったんです。そのせいか、ヨーロッパの古城の幽霊を書くような感じで山奥のお屋敷を書くみたいなことがやりたい。それに、もともとB級ものが好きなので、伝奇、ホラーが入ってくる。最近、あらためてそういう原点を忘れないようにしようと思いました。冲方さんの物語の原体験って何ですか？

冲方　言葉がなかったってことですね。海外で育ったので、身近に日本語がなかった。それなのに、外国人たちに日本について説明しなくてはいけない。しかも、世界中で日本のマンガ、アニメが流行ったので、翻訳してくれって言われるんですよ。だから、翻訳し続けている感じですね。歴史ものも、外国の世界を日本に翻訳している感じ、あるいは日本を外国の人に翻訳するような感覚です。ファンタジーが好きなのも、アニメーションやマンガは小中学校時代の僕のアイデンティティを支えてくれたから。アニメやマンガが好きな友達が「日本はすごいね」って言ってくれた。

桜庭　私も、好きなものを翻訳し直したいという気持ちはすごくありますね。『ＧＯＳＩ

CK』を書くときだと、シャーロック・ホームズが好きで、ミステリが好き。若い読者でミステリを読んだことがないとか、昔の小説を読んだことがないという人にその面白さを伝えたい。そのために現代的なものを採り入れたり、キャラクターを立たせて、「翻訳」し直しているという意識はあります。

冲方　こういうテンポの早くなった世の中では、継承した人間は強いですね。バックボーンはあるし、積み重ねがありますから、速度にもある程度対応できる。軸がブレないのでお客さんを集めやすい。それと、現代において特徴的なのは、小説の技術を習得する期間が短くなったこと。昔の作家さんは手に入る本が少ないし、インターネットもなかった。若手が短い時間で過去の作品に大量に触れて、技術を習得することができるので、必然的にそこには新しい感性が入ってくる。そこで、いろいろな化学反応が起きているんじゃないかと思います。

これからの十年

――これからの十年、小説はどうなっていくと思いますか？

冲方　広い意味での「小説」はこの世から消えないでしょうね。言葉を使って作るものだから。

桜庭　シンプルですよね。私も、ほかのいろいろなメディアの影響を受けて変わることはあっても、小説自体はなくならないと思います。

冲方　でも、変わっていくでしょうね。たとえばアメリカだと、二人の作家が文節ごとに交代で書いていくということもやっていますけど、日本でも若い世代の作家が同じようなことをやるかもしれない。本人は一文字も書かずに、誰かが書いた文章の切り貼りだけで小説を作るとか、こっちからすると、それはやりすぎなんじゃないの？　ということをやる人たちが出てくるでしょうね。

桜庭　読んでみたら「あ、自分が書いた文章だ」（笑）。

冲方　ぎりぎり著作権が主張できない引用に留めるとか、大胆なことをやらかすやつが出てきて、それに対して、ゼロから書く人の価値が逆に高まるかもしれない。

――ご自身のこれからはどうでしょう？

桜庭　あまり先のことはわかりませんが、直近だと『ＧＯＳＩＣＫ』の最新刊が出ます。ヨーロッパ編が終わって、ヴィクトリカと一弥がニューヨークに行き、探偵事務所を開きます。『はなとゆめ』は主従関係の話だそうですが、『ＧＯＳＩＣＫ』もある意味で主従関係にある二人の話。恋愛ではなくても、濃い人間関係、のっぴきならない誰かと誰かの関係は小説が描くべきものだと思っているので、私も、主従関係だったり、バディものだったり、何かわからないけれど、深い深い関係を書いていくんだろうなと思います。冲方さんのこれからはどうですか？

冲方 『はなとゆめ』を書いたばかりなので、少し間を空けたいですが、十年後には時代ものと現代ものとSFを並行して書けるようになっていたいですね。まだ実力が足りないので、これからもっとがんばります（笑）。

（構成／タカザワケンジ　二〇一四年一月）

綿矢りさ×桜庭一樹
至福の読書体験

――今日はお二人に読書について伺いますが、まず最近読んで面白かった本を教えていただけますか。
綿矢　林真理子さんの『下流の宴』が、すごく風刺が効いていて面白かったです。それから吉田修一さんの『怒り』。それから村山由佳さんの『ダブル・ファンタジー』と『放蕩記』はリアルやなあって思いました。
桜庭　私はカニグズバーグの『13歳の沈黙』。赤ちゃんが怪我をして、主人公の親友が犯人じゃないかって疑われるんですよ。でも彼はショックで緘黙症《かんもくしょう》になり、主人公が推理して助けようとする話です。青春ミステリのお手本のような見事なプロットでした。
綿矢　私もカニグズバーグが好きなんです。すごくアメリカっぽい。かっこよくてハートフルな物語です。
桜庭　あと最近谷崎潤一郎を読み返してるんです。今まで「刺青」が一番好きだったんですけど、すごく気に入ったものを見つけてしまって。「お艶殺し」という作品があるんですけど。

綿矢　初めて聞きました。

桜庭　有名な作品より、誰も話題にしない微妙な作品のほうが、偏愛に至ることが多いんですが。お嬢様とドMの番頭が駆け落ちするんですけど、お嬢様が『痴人の愛』のナオミみたいな人なんですよ（笑）。

綿矢　いまの話だけで、アクの強そうな話だとわかります（笑）。

桜庭　奔放なお嬢様に振り回されて、ドMの番頭は次々に人を殺しちゃうんです。ところが、最後は自分が捨てられそうになって、結局はそのお嬢様を殺してしまう。しかも逆上したわけでなくて、もういじめてもらえないのはいやだからという理由なんです。

綿矢　それは浮かばれないですねえ（笑）。

桜庭　谷崎潤一郎が本当にその番頭に感情移入して書いているから、まったくわからないはずの男の人の気持ちがすごくわかって。それにしても、圧力を失う絶望から嗜虐者を殺すという殺人動機、初めて読みました（笑）。

綿矢　そういう出会いがあるのが、本を読む楽しみの一つですよね。

桜庭　本を読んでいて面白いことの一つに、自分の知らない感情に出会うということがあると思うんです。例えば「恋愛」という言葉は昔の日本にはなかったけど、それを言葉で取り入れることで理解していくという。「お艶殺し」でも、言葉では言い尽くせない被虐者の苦しみとか、人間の不気味な本質に触れた気持ちになれるんです。

綿矢　小説を読んでいると、自分の感じ方が正しいかどうかはわからないけど、〝この人の書いていることがわかった〟という瞬間があるんですよ。そういう本に出会えると、孤独が癒されたと思えます。夜中に友だちとどれだけ深い話をしても辿り着けない場所まで連れていってくれる本は確かにありますね。

田舎の本屋さんの自然美

桜庭　ひとくちに読書と言っても、読む場所とか環境で受け取り方が違いませんか？

綿矢　同じ本でも、都会にいるときと田舎では感じ方が違うこともあります。

桜庭　私は田舎に帰ったときに、山奥の村で起きた縁故殺人事件の話を読んだりすると、リアルすぎて怖くなってしまうんですよ。

綿矢　そうなんですか。私にとっては「〇〇殺人事件」みたいな本は都会で読むとちょっと刺激が強すぎるなあと。でも雄大な自然の中で読むと、意外と精神的に追い詰められなくて、大丈夫やったりします。

桜庭　外国に行ったときは、より環境に左右されますよね。知人の話ですが、外国で読む本がなくなって日本語に飢えているときに、街にあった本屋でたった一冊見つけた本が安部公房だったと。普段は苦手な作家だったけど、言葉がすごく体に入ってきたと言ってました（笑）。
綿矢　まったく言葉が通じなくて孤独を感じていたら、日本語で書いてあるだけで心にしみ入りそうですね。
桜庭　これを読むしかない、という体験は案外幸せですよね。私が育ったのも、そういう環境に近かったかもしれません。育ったのが鳥取の山奥の田舎町だったので、読みたいものがいつでも手に入るわけではなくて。小さい本屋さんがあって、学校の図書室があって、ちょっと遠征するときは市の図書館まで自転車を漕ぐという生活でした。
　田舎の本屋さんの棚を見ると結構ベストセラーが多くて、ここにあるということは全国でも読まれているのだろうなと思ったりします。
綿矢　私も京都の田舎だったのでよくわかります。何でこの本がここにあんのやろ？　という不思議なチョイスが混じっているときもありませんか。店主の趣味なのか、それとも売れないままずっと棚に差してあるだけなのかっていう。
桜庭　それは年に一回の棚卸しをしていないのかも（笑）。

綿矢　だから日に焼けてしまって本屋の主みたいになった本があるのか（笑）。でも入れ替わりが激しくないから、通っているうちに気になって仕方ない本が出てくるんです。それで事前情報なしで手に取ってみたら、わりと面白かったということもありました。

桜庭　図書館でもやたらと古い本が生き残っていませんでしたか。私、岩波文庫で『緋文字』を読んだとき、「戀」が読めなかったんですよ。この字が出てくる度にカニの甲羅の中のミソがぐちゃぐちゃのとこに見えてしまって。何回も登場するうちにやっと「恋」だと見当が付きましたけど。驚くほど古い本が平気で置いてありました。しかも都会だとアメリカ文学、フランス文学ってはっきり棚が分かれているじゃないですか。でも私が行ってたところは、一緒くたに〝外国文学〟っていう括り。

綿矢　そうそう、私の地元でも同じです。どこの国の人が書いたのかわからない（笑）。

桜庭　ジョン・アーヴィングとガルシア＝マルケスが何の断りもなく同じ棚に入っているとか。

綿矢　年代もメチャクチャでした。アガサ・クリスティと最近の推理小説が一緒のところにありましたし。

桜庭　でもあれぐらいの方が、あまり視野を限定せずに読むから、今となってはありがたかったなあと。何の知識もなかったら、都会の大書店に行っても何を選べばいいのかわからなかったと思います。

綿矢　しかも大書店に行ったら、絶対に自分の好みに合うものが見つかるじゃないですか。でも田舎の本屋さんだと品揃えが充実しているわけではなく……。

桜庭　限られた選択肢の中で〝とりあえずこの本を読む〟という選び方ですよね。

綿矢　本の置き方にこだわりも好みもないから、逆に選び手が自由でいられます。

桜庭　何か自然だったなと（笑）。

綿矢　そう、田舎の本屋さんには自然美がありました（笑）。

ダンサーになりたい

桜庭　綿矢さんの好きな小説のジャンルってありますか。

綿矢　私、中学生くらいからずっと〝夫人もの〟が大好きなんですよ。

桜庭　夫人ものって？

綿矢　一人の女の人の一生をだーっと追った一代記みたいなものです。

桜庭　どうしてお好きなんですか？

綿矢　小説に限らず、マリリン・モンローとか、ケネディ夫人の伝記も好きなんです。フィクションであっても、自分以外の人の人生を知ると経験の幅も広がるような気がして

（笑）。運命に翻弄されるところとか、自分で人生を開拓する強さとかにも魅《ひ》かれますね。それに頭で緻密に考える思索的な人が主人公になることってやっぱり少ないような気がします。私自身が頭の中で妄想するタイプなんで、まず体が動くような躍動感を持った人にはすごく憧れますね。

桜庭　それはわかります。前にテレビの取材で「生まれ変わったら何になりたいですか？」って聞かれたんですよ。たぶん相手は「また作家になりたい」という答えを期待していたと思うんですけど、私は「ダンサーになりたい」と答えちゃって（笑）。しらーっとした空気が流れてしまって……。

綿矢　アハハハハ。

桜庭　小説を書いているとどうしても頭で考えてしまうことが多くて。だから肉体で表現する人に憧れがあるんですよ、と答えればよかったかもしれません（笑）。

綿矢　確かに作家の憧れがダンサーと言われたら、さらに掘り下げてもいいのかどうか迷うと思います（笑）。

　桜庭さんがお好きなジャンルはありますか。

桜庭　私は海外の小説を読むことが多かったんですが、中でも『百年の孤独』の影響は大きいですね。中学生か高校生のときに読みました。この話をすると、よく学生時代に読みましたねって驚かれるんですけど、〝外国文学〟と一緒くたにまとめられた棚のお蔭です。

綿矢　どういうことですか？

桜庭　『百年の孤独』って中高生が好みそうなカッコいいタイトルじゃないですか（笑）。南米文学の記念碑的作品とは全然知らずに手に取りました。

綿矢　ああ、すてきな出会い。

桜庭　長いタイトルのものは結構読みました。『流れよわが涙、と警官は言った』とか、『アンドロイドは電気羊の夢を見るか？』とか、タイトルが長くてかっこいい本を選んでました（笑）。まだまだありますよ。『やがて笛が鳴り、僕らの青春は終わる』とか、『吐きだされた煙はため息と同じ長さ』とか。

綿矢　どんどん出てきますね（笑）。

桜庭　そんな選び方ですから、話題の新刊やベストセラーよりも、気の向くままに読むという感じなんです。地元に昔からある古本屋で、一〇〇円セールのワゴンに入っているのはよく買いましたね。そういう本は大人が新刊で読んでいるものだったりするので、上の世代の方とよく話が合います。以前北村薫さんとお会いしたときに、「君は本当は何歳なの？」とか「干支《えと》は言えるかい？」って年齢詐称疑惑が出てしまうほど（笑）。

綿矢　古本屋に出入りしていると、必然的に古い本を読むようになりますよね。今流行っているものには縁遠くなってしまって、例えばダン・ブラウンの『ダ・ヴィンチ・コード』も、話題が出尽した頃にやっと読み始めるみたいな（笑）。

桜庭　満を持してベストセラーを読むわけですね（笑）。

綿矢　流行の末端にいるんです（笑）。でも古本屋に通っていると、不思議な出会いもあるじゃないですか。私が印象に残っているのは、ルナールの『にんじん』です。

桜庭　ああ、すごくかわいそうな話ですよね。

綿矢　そうなんですよ。ところが表紙が結構かわいい絵のせいか、古本屋では純真無垢な児童文学と一緒の棚に置かれていましたけど。

桜庭　そうそう。『赤毛のアン』とかと同じような感じで並んでいるけど、読むとショックを受けるトラウマ本。

綿矢　読んだのは小学校四年くらいでしたが、今思い返してもいい出会い方やったなと思います。あと一つ驚きの出会いを挙げると、フローベールの『ボヴァリー夫人』は恐怖体験そのものでしたね。

桜庭　どんな風に怖かったですか？

綿矢　『椿姫』と同じような夫人ものやと思って読み始めたんですよ。ところが想像していたものと全然違って、『にんじん』以上にショックを受けました。最初は主人公が男の子で、その子ども時代から始まるんですけど、いきなりボヴァリー夫人の話になる。しかも前のページまでの男の子がいきなりおじさんになっている（笑）。さらに結構粗末な扱いを受けていて、さっきまで少年だったのに、まさかの展開にびっくりですよ。

桜庭　私、綿矢さんの『夢を与える』がすごく好きなんですけど、お母さんの話がいきなり娘の話になるじゃないですか。そこで『ボヴァリー夫人』を思い出しましたが、関係あったりしますか？

綿矢　まさに『ボヴァリー夫人』を読んでる時期に書いたのが『夢を与える』でした。人の一生を描くって雑で残酷だと思うんですが、だからこそ力強さもあったりして。最後は主人公が不幸になりましたって、結構あっさり書いてたりするじゃないですか。その雑さも含めて魅力的ですね。

桜庭　『夢を与える』は世界文学的な書き方だなと思いました。世界文学ってどこか真面目に読まなければいけないという意識がありますけど、フローベールにしてもちょっとふざけているというか、笑っちゃったりしませんか。

綿矢　それはあります。

桜庭　でもその笑いの部分は、翻訳するとき落ちてしまうこともあると編集者から聞きました。古典の世界でも笑わせようと全力で来てる作者、いますよね。

綿矢　ちょっとブラックな笑いが多いかも。世界文学で有名な本って、堅そうなイメージを持って読み始めるんですけど、意外にユーモアがあったり。そういうおかしみがあるからこそ、読み継がれているんだなと思います。

桜庭　ちょっと悪意のある笑いが入っていたりすると、悲劇のシーンでより落差が出るんですよね。

綿矢　読んでるときに感情が揺れると、いきなり悲劇的になるよりも振れ幅があっていっそう効果的ですし、一読者としてもうるっときてしまいます。

桜庭　本当にそうですね。

読んではいけない本

綿矢　桜庭さんの実家では本はどれくらいあったんですか。

桜庭　昔とりあえず本棚に文学全集を置くという時代があったと思うんですけど、私の両親がその最後の世代じゃないかな。世界文学全集とか百科事典がズラーッと並んでいました。

綿矢　いいですねえ。うちにはそんな本は何もありませんでした。シドニィ・シェルダンだけ（笑）。

桜庭　いや、本はありましたけど誰も読んでなかったと思います。私が本を開くとページがくっついていることもありましたから（笑）。部屋の飾りの一つとして文学全集を置いていたんでしょうね。

綿矢　それなら本が読み放題じゃないですか。

桜庭　ところがそうでもないんですよ。中学生のとき突然父に呼ばれて何事かと思ったら、三島由紀夫と太宰治は読むなと禁止令が出されました。どうしてかと聞いたら「死んじゃうからだ」って（笑）。

綿矢　すごく正しい教育ですね（笑）。そこに芥川龍之介も加えたら、子どもが絶対に読んだらあかん本です。

桜庭　父は理系の人なので、前置きなんかが一切なくていきなり言うからびっくりしました。

綿矢　でも、読むなって言われたらかえって気になりませんか。

桜庭　翌日図書室に行って、さっそく借りましたが（笑）。親が読ませたい本、読ませたくない本はあるんだなあと思いました。

綿矢　私も同じようなことがあります。親に「山田詠美の本はエッチやから読んだらあかんで」って言われたんですけど、次の日には読んでいましたね（笑）。

桜庭　ちなみに何を読んだんですか？
綿矢　『ぼくは勉強ができない』です。他の本を読むと親の心配もわかるんですが、そのときはあまりエッチやないやんって拍子抜けしました。
桜庭　子どもが本を読まないと言いますけど、読めというより読むなと禁じたほうが効果的かもしれない。
綿矢　漫画はその典型じゃないですか。
桜庭　本当にそう。漫画は親の目をかいくぐりながら読んでました。薬物を手に入れようとするかのような必死さでした（笑）。当時は『ガラスの仮面』とか『王家の紋章』、それから『悪魔《デイモス》の花嫁』とかです。それが教室で出回ってて、必ずしも順番に回ってくるわけじゃないんですよ。だから六巻のあとに四巻を読んだりするんだけど、すごい集中力でした。
綿矢　私の家も漫画は禁止だったので、読み方がとんでもなかったですよ。あるとき『ときめきトゥナイト』を読んだら、一日で視力が〇・三下がりました。
桜庭　え、一日でですか。
綿矢　ずっと暗いところで読んでたんですよ。あれは暴挙に出てしまったと反省です（笑）。

桜庭　親に買ってもらえないから、本屋さんで立ち読みもよくしました。『ベルばら』の池田理代子さんが描いた『オルフェウスの窓』という長編があるんですけど、もう少しで読み終わるというところで、ハタキでパタパタとやられちゃいました。あとちょっとなのにと思って（笑）。

綿矢　それは惜しかったですね（笑）。

桜庭　借りた漫画を家に持ち帰ったときも、親に見つからないように天井裏に隠したりして。いま考えるとそこまで危険なものでもないんですけどね（笑）。あの必死さは、禁止されてたからこそだなと。

綿矢　やっぱり本が読まれるためには、読書を禁止したほうがいいです（笑）。

夫人ものの最高傑作は

桜庭　今日は、特に印象に残っている本をお持ちいただいたようですけど……。

綿矢　（文庫本を取り出しながら）ナボコフの『ロリータ』とデュ・モーリアの『レベッカ』が大好きなんですよ。

桜庭　神話的な美少女が出てくる話だと思いきや、全然イメージが違ってびっくりしませんか？

綿矢　そうなんです。すごく不思議なのが、ここに登場する少女が本当にあほな子に書いてある（笑）。ロリータが書く手紙も、「パパごきげんいかが。あたしは結婚したの。子どもが産まれるからお金を送ってください」みたいな、すごく蓮っ葉でけだるい感じで表現されているんですよ。私は桜庭さんの『私の男』が大好きなんですが、身体的な外見を含む抒情性で男女の関係を描いていらっしゃるじゃないですか。でもナボコフは、身体的なことばっかりですごく表面的な感じ。こんなに分厚い本なのに、そこに書かれているロリータの薄さにいつも驚愕するんですよね（笑）。

桜庭　『ロリータ』を読んだきっかけは覚えていますか。

綿矢　最初に読んだのは高校生のときやったと思うんですけど、眼鏡をかけて赤い口紅を引いている映画のポスターのイメージが印象に残りました。それからロリータコンプレックスの語源になった小説に対する興味です。おしゃれな小説なのかなと思って読み始めましたけど、ちょっと違いますよね。

桜庭　ロリータは理想の美少女として登場するんじゃなくて、主人公の大学教授のおじさんが理想の少女を探しているときにたまたま見つけた子。無理矢理に理想像に合致させようとするから、ちょっと滑稽さもあって（笑）。

綿矢　そう、おじさんが勝手に上から目線で幻滅を繰り返す（笑）。そういうところにすごく引っ掛かりを覚えて、この本とずっと喧嘩しているような気がします。でも読み返すとすごく面白いですし、印象に残る一冊ですね。

桜庭　もう一冊持ってきていただいた『レベッカ』。私は映画を先に観てから原作を読みました。

綿矢　ヒッチコックの映画も面白いですよね。私の大好きな夫人ものの最高傑作やと思って。

桜庭　いつ頃読んだんですか。

綿矢　最初に読んだのが中学生くらいのときだったんですが、会話の部分だけつなげてストーリー展開を楽しむという読み方をしていました。

桜庭　昔の小説の特徴だと思いますが、『レベッカ』も前置きがすごく長いですよね。緩やかな坂道の描写が延々あって、舞台となる家までなかなか辿り着かなかったり（笑）。

綿矢　今の小説は、映画的な感じですぐに物語が始まりますが、『レベッカ』はプロローグに異常なほどの余裕があります。最近また読み返してみましたけど、やっぱり品のある小説やなと。タイトルになっているレベッカという女性が、すでに死んでいるのに、実体として浮かび上がってくるほどの存在感がある。そこが好きですね。

桜庭　主人公は亡きレベッカのイメージに追い詰められていきますが、途中でレベッカ像がガラッと変わるんですよね。
綿矢　そこがすごく鮮やかじゃないですか。レベッカが夫に妊娠しているのがあなたの子どもじゃない、と告げるシーンもいいですよね。たった二、三行なんですけど今でも覚えているくらい鮮烈。スリルと情景の美しさのどちらも備えた作品だと思います。

読書の自由とは？

桜庭　他に影響を受けた作家を挙げるとすると？
綿矢　私はやっぱり太宰治なんです。
桜庭　私は父親から禁止令が出されましたけど（笑）。
綿矢　精神的に影響してくるから、読ませたくないというのは本心に近い部分があったかもしれないですね。私も最初に読んだのが『人間失格』だったんですけど、本当にイヤな本だなと思いましたから（笑）。
桜庭　じゃあ一番好きな太宰の作品はなんですか。
綿矢　『人間失格』です。
桜庭　イヤな本だと思ったのに？
綿矢　もう一回読んだらすごく面白かったんですよ。短い小説ですけど、子どもの頃から廃人になるまでの主人公の一生を描いているのは、やっぱり迫力がある。
桜庭　私も小さい頃から『レ・ミゼラブル』のダイジェスト版などを読んでいたので、長い時間軸の小説が好きなんです。大河小説とか一代記とか三代に亘っての話もいいですし、あとは一人の人間がいなくなったら次の人が出てきて話を引き継いでいったりするとか。現代の日本の小説だけを読んでいたら、こんなに大河小説好きにはならなかったでしょうね。
綿矢　やはりガルシア＝マルケスの存在は大きいですか。
桜庭　そうですね。先ほどもプロローグの長さという話が出ましたけど、『百年の孤独』では、時間軸を追って丹念に記述するのではなく、平気で十年くらい時間が飛ぶじゃないですか。
綿矢　うん、あれはすごいですね。
桜庭　この小説では、すごく不思議なことが起こっているぞと思ったんです。小説ってこんな風に書いていいのかと、自分なりに発見もありましたし、文学の発明なんじゃないかと。ガルシア＝マルケスを読んで、小説の自由さを感じました。それは大きく影響してます。どうやったらああいう風に書けるのか未だに謎です。
綿矢　小説というよりも、何かの装置みたいですよね。読書の幅を越えた不思議な本だなと。

桜庭　だけど現代において大河小説を書きたくても、読者のことを考えるとそれほど長くはできないと思うんです。ガルシア＝マルケスのように時間を飛ばすような書き方なのか、あるいは他にどんな方法があるのかみたいなことは考えますね。

綿矢　夫人ものは大好きですけど、今の時代に書こうとするとすごく難しいだろうと思います。

桜庭　そうそう、すごく長くなりそうです。ただ綿矢さんも私も時間軸の長い小説が好きなんですけど、それが作品にも表れているかもと思いました。

綿矢　どんなところですか？

桜庭　たとえば『夢を与える』のヒロインもお母さんの性格がこうだから娘もこんな風になりました、みたいに親とか環境によってその人がどんな人生を送るかが変わりますよね。書かれてはいないけれど、そこにすでに時間の流れがあるんじゃないかと。私も人間を考えるときは時間の流れの中で考えるので、どの時代にどんな社会状況だったか、その人は田舎で育ったのか都会生まれなのか、というのは結構重視します。

綿矢　それはありますね。

桜庭　読書体験だけじゃなくて、私が中学、高校時代に冷戦が終わったりとか元号が変わったりとかした体験もあるのかなと。そうやって考えていくと割とスパンの長い話になって、その全体を書いて大河小説にするのか、あるいはどこを切り取って書くかをまた悩んだり。でもやっぱり縦のつながりというか、世代を考えてしまいますね。

綿矢　桜庭さんは、時代を捉えるときに、多角的に見ようとしているんじゃないかと感じました。『私の男』でも、カメラが何台もあるような書き方ですよね。いろんな視点人物がいて、物語が自在に展開されていきます。私の場合はどうしても固定カメラになっちゃうんですよ。

桜庭　小説の中で、すべての価値観を見せたいなと思ったんです。主人公の二人の考え方はもちろん書くんですけど、彼らのことを関係ないおじさんが見たらどう思うんだろうとか。そうやって考えていくとどんどんカメラが増えていく感じですね。

綿矢　どの人物の視点から見るかで、同じ出来事でも意味が全然違ってくるんですよね。読んだ後にいろいろ考えることができるから、すごく好きな作品です。

桜庭　そう言っていただけると嬉しいです。私は自分が書いた小説でも、読む人の自由だと思っているんです。だから自分の小説の解釈はこうだ、とあまり決めません。

綿矢　私の場合、面白かったですと言ってもらえると嬉しい反面、なぜか挙動不審になってしまって（笑）。もし映画監督だったら映画館にこっそり行って観客の反応を見ることができるかもしれませんが、本はそういかないですからね。読んでくれはったことがわかるだけで癒されてますから、そっとしておいてくれと（笑）。
桜庭　私はこういう解釈をしたんだけど、と答え合わせをされると困っちゃうときがありますけど（笑）。
綿矢　アハハハ。実は私は結構作者本人に聞いてしまうタイプです。
桜庭　自分はそっとしておいてほしいのに（笑）。
綿矢　この仕事をしていると、作者本人に会えるじゃないですか。本当はよくないやろうと思いつつも、読みたてホヤホヤだと、息せき切って聞きたくなってしまいます（笑）。
桜庭　一つ極端な例を思い出しました。『私の男』のインタビューに来てくれた方が、主人公の男の人が死んだと思っていて、しかもそこがすごく気に入っているという（笑）。
綿矢　アハハハハ。
桜庭　たぶん死んではいなかったはずだけど（笑）、その人の読書の中で死んだことになっているなら、作者といえども邪魔をしたくないなと。
綿矢　同じものを読んでも、人によってまったく感想が違いますよね。
桜庭　私も思いっきり誤読している本があるかもしれないですけど、それも読書の自由の一つかなと（笑）。

（構成／編集部　二〇一五年一月）

辻村深月×桜庭一樹

初公開!! 創作のひみつ

――お二人は対談されるのははじめてだそうですね。

桜庭　はい。文学賞のパーティなどでお会いすることはあったんですよ。

辻村　でも真面目に小説や創作の話をしたことはなかったんですよね。今日は楽しみです。

――最初に、なぜ小説家という職業を選ばれたのか、それぞれ教えてください。

桜庭　私は本を読むのがすごく好きで、子どもの頃から将来は本に関わる仕事をしたいと思っていて。小学五、六年生のある時、友達が小説を書き始めたので、自分でも書いてもいいんだと気づき、だんだん書くほうの仕事をやりたいと思うようになりました。

辻村　私は小学生の頃、小説だけでなく映画も漫画も、フィクション全般が好きでした。その中でなぜ小説を選んだのかを考えると、たぶん、何も要らなかったからですね。特別な道具は要らないし、絵心も要らないし（笑）。書き始めたらすごく楽しくて、中学生くらいから友達に読んでもらうようになり、「続きが読みたい」と言われたことからプロになりたいと思い始めました。
桜庭　私も友達に読ませて、頼まれてもいないのに連載を書いたりしていました。

ミステリで学んだ手法

――お二人とも、小説のジャンルは意識していましたか。
桜庭　私も辻村さんと同じで漫画もアニメも映画も好きで、小説もいろんなジャンルに興味があって、ミステリもＳＦもファンタジーもライトノベルも純文学も、外国の本も好きでした。なのでこのジャンルを書きたいというより、このテーマを伝えるにはこのジャンル、と考えます。辻村さんの作品も、ファンタジーや学園ものなど、毎回違いますよね。
辻村　私も同じで、ジャンルに構わず、図書館の本を闇雲に読んでいたんです。でもある時「なんか人が死ぬ話を読む時、私、すごく楽しい」となって（笑）。それで自分はミステリが好きだと気づきました。小学六年生の時に綾辻行人さんの『十角館の殺人』を読み、小説でしかできない表現があることを知って。今、私はミステリに分類されない小説でも自分はミステリの手法を使って書いていると思っているのですが、それは、綾辻さんの本との出会いがあったから。実は「辻村深月」の「辻」の字は綾辻さんから一文字いただいています。

桜庭　私もミステリではないものを書く時でも、ラストでカタルシスを得てもらうために、ミステリで学んだ手法を使うところがありますね。

辻村　桜庭さんの作品はいつも、読者に届けたいことをミステリの真相のような形で明確に提示してくれているので、すごく信頼感、安心感があります。

桜庭　ラストを決めて、そこに向かって書いているからかもしれない。

辻村　私はラストをほとんど決めずに書いているんですよ。

桜庭　え、そうなんですか！

辻村　下手をすると伝えたいテーマも決まっていないことがあって。とにかく何もない地面を掘り進めるような感じなんです。連載中、今回は掘っても何も出てこないかも、と思う時もありますが、不思議と何か出てくる。

桜庭　私も事前に決めすぎないようにはしています。決めておくことと、決めずに自由度を置いておくものの兼ね合いが大事。人物表も手書きで名前と「こんなタイプ」ということをメモしておくくらいです。でも構成は図形で作りますね。AさんとBさんという二人の話が別々に交互に進み、だんだん近づいて最後に二人が出会って「Y」の形になる、とか。それをもっと複雑にした、あみだくじのような図形を考えます。

辻村　じゃあ『赤朽葉家の伝説』なんかは葉脈のような図だったんですか。

桜庭　あれはわりと大雑把です。編集者に、「雑誌の年末号に来年のわが社の隠し球を紹介したいから、次作のあらすじを決めてほしい」と言われ、咄嗟《とっさ》に「じゃあ鳥取の旧家を舞台にした女三代の歴史と、空飛ぶ男の秘密」と言ったんです。あの時「空飛ぶ男」と言わなかったら、また違う話になっていたかも（笑）。
辻村　あの小説は二章までの疾走感がすごいですが、最後の三章でミステリになった時、一章と二章の存在感がより際立つ。あの構成にはしびれました。私もプロットはあまり作らないんですよ。いつも書き終わってからＥｘｃｅｌで人物の行動を時系列で書いて、帳尻を合わせます。事前にきっちりメモしておくと、そこで安心しちゃうというか。多分メモ以上の表現が出ないと思うんですよね。
桜庭　分かります。私、手書きでゆるくメモするとイメージが固定されずセーフなんですよ。携帯のメモ機能とかで活字にしちゃうと、それ以上広がらなくなる。

シリーズものへの憧れ

――創作において、編集者ってどれくらい関わっているものですか。
桜庭　私は担当編集者に向かって小説を下ろす感覚があります。『赤朽葉家の伝説』の場合、担当がミステリの編集者で海外小説もすごく読んできた人なので、海外もの的な感じになりましたね。

辻村　私も担当者が一番テンションの上がるものを渡したい気持ちはあります。だから話しながら「あ、この人は最終回で泣きたいだろうな」とか「シリアスなものは嫌がるだろうな」と考えます。編集者の提案が参考になる時もあります。以前書いた『オーダーメイド殺人クラブ』で冴えない男子を書いた時、そんな子にもこんな面があって……と、わりと良く書こうとしたら、担当の女性編集者が「これだと格好よく見えるので、もっとニヤニヤしている描写を入れてください」って、容赦ないんです（笑）。最初は「えっ」と思ったけれど、そのおかげであの形になったと思うんですよね。

桜庭　私の『ＧＯＳＩＣＫ』というミステリシリーズは開始当初、男性編集者とやっていたんです。三巻の時に新人の女子の編集者がアシスタント的についてくれたので感想を聞いたら「イケメンが出てきませんね」って。「美人はいっぱい出てくるけどイケメンが一人もいない。一人いるけど髪型ヘンだし」って。慌ててその髪型のヘンな人の髪をおろしてみたり、別の男性を出してみたりしました。その子がいなかったら、面白い男の人ときれいな女の人しか登場しないままでした。それもあって、担当編集者はなるべく男女半々くらいで、年齢もばらけるようにしてほしいと編集部にお願いしています。

辻村　私は『傲慢と善良』という婚活の小説を連載中に担当の女性編集者が産休に入って、

年上の男性編集者が担当になったんですね。そうしたら、すごく面白い。女性の婚活に対する行動を書いても、前の女性編集者なら「これ、打算のために動いていますよねー」みたいな反応だったのが、その男性編集者がものすごく素直に受け止めてくれるんです。「そうか！　育ちがよくてモテてきた男子ってこういう考え方をするのかもしれない」と（笑）、なんだか反省しました。作品にいい影響を受けられたなぁと、巡り合わせに感謝しました。

――編集者から新作のテーマを提案されることはありますか。

桜庭　たとえば『少女七竈と七人の可愛そうな大人』は恋愛小説ですが、母と娘の話でもあったんですね。それを書いている頃に別の出版社から「母と娘の話を書いてほしい」と言われ、「もう別の出版社で書いているので、父と娘の話はどうでしょう」と提案して始まったのが『私の男』でした。他には、雑談の中でヒントを得て次に書くものが決まることも。

辻村　私も雑談から始まることが多いんですが、一回だけ、『朝が来る』の時ははっきりテーマを依頼されました。男性編集者に「不妊治療に臨む夫婦の話を」と言われ、ああ、自分でもいつか書こうと思っていましたと言おうとしたら、続けて「その夫婦が養子をもらう話を書いてほしいんです」って。養子の話は考えたことがなかったので、資料を送ってもらい、読み込むうちに「ぜひ書かせてもらいたい」と思うようになりました。

――書いている間、読者のことはどれくらい意識しているものですか。

桜庭　私は、自分は大事に思っているけれど普通に話しても伝わらないだろうことも、小説に書いた時だけ伝わるんじゃないかと思っているんです。たとえば「ＬＯＶＥ」という言葉が入ってくる前は、日本の言葉に「恋愛」は無かったといいますよね。そんなふうに、言葉はないけれども存在している感情を書きたい。となると、読者に伝わるように書かないといけない。昔、編集者に「コーヒーカップって持ちづらいから取っ手がついていますよね。中味は変えなくていいから、取っ手をつける作業は必要ですよ」って言われたんです。読者に伝わりやすい努力をすることはいつも考えていますね。

辻村　私は最初の頃、書き込みすぎていて「読者に想像する余地を残してほしい」と言われました。でも年月も冊数も重なると、読者を信頼できるようになりますね。ここまで書けばそれ以上説明しなくても受け取ってくれる、って思える。

桜庭　それすごく分かります！

辻村　小説って読者と作者の共同作業という感じが、どのジャンルより一番あると思うんですよね。たとえば「イケメン」と書いたら、読者がそれぞれ思うイケメンはみんな違う。読み手の想像力を借りないと成立しないからこそ、私もこんなに小説が好きになったんだと思います。

――さきほどシリーズの話が出ましたが、辻村さんはシリーズ作品がないですね。

辻村　そうなんです。シリーズものに対する憧れはすごくあるので、そのあたりも桜庭さんにお聞きしたいです。

桜庭　私は十三、四年前に『GOSICK』シリーズの一本目を書いて、今も定期的に新作を出させていただいていますが、キャラクターの変わらない部分と、シリーズを通して成長する部分、両方の兼ね合いを考えますね。

辻村　毎回の舞台や事件のアイデアは尽きないものですか。

桜庭　『GOSICK』は最初ヨーロッパが舞台で、書きたいことがいっぱいあったんです。昔のヨーロッパの映画や小説に出てくるような豪華列車や豪華客船に乗りたい、とか。新シリーズは主人公たちがニューヨークに渡っているので、セントラルパークで大冒険したいとか、大陸横断鉄道にも乗りたいな、とか。辻村さんはシリーズでなくても、登場人物が別の作品に出てくることがありますね。

辻村　大好きな手塚治虫さんや藤子・F・不二雄さんの影響です。『パーマン』のコピーロボットが『ドラえもん』に出てきたりするのを楽しく読んでいたので、自分も作家になったらやってみたかったんです。シリーズものにも憧れますが、憧れが強すぎて容易に飛び込めなくて。でも映画化された『ツナグ』は、来年か再来年に「2」を出します。あまり意識しないで続編にしましたが、それがはじめてのシリーズになるのかも。

地方都市を書くということ

――桜庭さんは鳥取出身、辻村さんは山梨出身。お二人とも地方都市を書かれることがありますね。

辻村　はじめは知っている景色を書いていただけで、都会との格差などは、意識せず自然と出てくるものだったんです。『鍵のない夢を見る』を書いた時も、地方について書いた気持ちはあまりなくて。でもそれで直木賞をいただいた時に、選考委員のおひとりから「地方に住む女子の閉塞感がよく出ている」と、思わぬ評価をいただいたので、もう地方の閉塞感と闘う話はいいかなと思ったんです。それで、『島はぼくらと』という、地方を肯定する話が書けました。一連の話を書いてみて、自分は東京のデータが日本の平均のように言われることにずっと違和感があったんだと気づきました。東京だけが異質で、地方都市に暮らす私たちのほうがスタンダードなのでは、って。

桜庭　自分も『砂糖菓子の弾丸は撃ちぬけない』を書いた時、地方の閉塞感が描かれていると言われましたが、その自覚はなくて、地方都市はこういうものだって思っていました。

でもあの本の担当さんが東京で生まれ育った人で、「これって今の日本なんですか」と言われてびっくり（笑）。都会で育った人にとって私の書く地方都市は異郷なんだなって。それで自覚的にその異郷をファンタジックに書いたのが『赤朽葉家の伝説』でした。辻村さんは、何歳まで山梨でしたか。

辻村　高校まで過ごして千葉大に進み、卒業後山梨に戻って六年間ＯＬをしました。社会人二年目の時にメフィスト賞をもらったので、四年くらい兼業でした。山梨で書いていた期間があったから、地方都市を書くことが自分のライフワークになったと思います。山梨にいた頃、林真理子さんが酒井順子さんの『負け犬の遠吠え』の解説に〝ここに書かれている「負け犬」は地方で事務服を着た女性たちではない〟と書いているのを読んで、目からうろこが落ちた気がして。「負け犬」という言葉からこぼれ落ちる地方の女の子たちのことを書こうと思ったのが、『ゼロ、ハチ、ゼロ、ナナ。』でした。最初は「負け犬」に代わる言葉が見つかればいいなという気持ちだったんですが、キャッチーな名前をつけると、必ずそこからこぼれ落ちる人がまたいる。それよりいろんな人が思いを寄せられるのが物語の力だから、「『ゼロ、ハチ、ゼロ、ナナ。』で書いてあったようなこと」と言ってもらえるものが書ければいいなと思いました。だから桜庭さんがおっしゃった、まだ名前がついていないものに対して、それが何なのかを探していく気持ちにすごく共感します。それが小説を書くということだし、私が小説を書きたい理由なんだろうと思います。

——初期に比べて変わったと思うことはありますか。

桜庭　途中でうまく進まなくても、書き直すべきかこのまま進めて大丈夫かは、今までの失敗体験や成功体験から判断できるようになりましたね。

辻村　私も失敗が怖くなくなりました。自分が得意でないことでも、失敗してもいいからやってみよう、という気持ちでいます。たとえば「いじめ」をテーマにした時、今まではいじめられている子の話を書いていたんです。いじめる側の気持ちが分からないから。でも今は、いじめる側に立って「だからいじめてたんだ」って読者が思えるところまで書けたらなと思います。自分が共感できる人とは逆の人を書いてみたい。

桜庭　私も少年少女向けのものでは読者が共感できる人を書いていましたが、大人向けの小説で多視点を始めました。いろんな語り手が、ひとつの事件を別の正義感や価値観を持って見ていることを書きたくて。Aさんがよかれと思うことでもBさんにとっては害悪である……ということの集合体が社会だと思うので。

——今後どういう内容のものを書いていくご予定ですか。

辻村　『ゼロ、ハチ、ゼロ、ナナ。』は地方のアラサーの女性たちの話でしたが、その先を書くために連載を始めたのが『傲慢と善良』です。婚活を柱に、いろんな思いを書いているところです。

桜庭　私はちょっと抽象的になってしまうんですけれど。今まではどこか破滅に向かってひた走る道を好んで書いてきたんですが、それが変わってきています。今、新聞の古典を紹介する連載で名作を読み返していて、時代ごとの傾向が分かってきているんですが、そんな中、先日ベケットの『ゴドーを待ちながら』の舞台を観たんです。あれは二人の男がずっとゴドーを待つ不条理な現代劇ですよね。現代人は今、そういうところにいると感じました。自分たちは偉大な何かを待っているけれどそれは何なんだろうという。世界の混乱した状況をそのまま写すような不条理な小説を書いてみたいです。

辻村　すごく楽しみです。

桜庭　今日、お話を聞けてよかったです。

辻村　こちらこそありがとうございました。

（司会・構成／瀧井朝世　二〇一八年一月）

あとがき

時間はどんどん流れる。

この本のために書き下ろした書評「あのころの仲間と再会する」に登場した友人夫婦のレストランは、先日閉店した。夫婦は気分転換にと一ヵ月のアフリカ旅行に出かけた。わたしはというと、東東京の別の町に引っ越そうと、新しい部屋を探しているところ。海外ドラマ『フラーハウス』は、先日最終シーズンの製作が発表された。

普通に生きているだけで、けっこういろんなことが変化するし、それなりにめまぐるしい毎日だ。

そんなときいつも、傍に本がある。

この書評集で紹介した本も、そういや読んだなぁというなつかしい一冊から、最近読破したばかりのものまで、さまざまだ。本を手に取るたび、読んでいたときの自分の人生の一シーンがまざまざと蘇る。あの店で買ったな、とか、あの町に住んでたとき読んだ本だな、とか、あの人とこんな感想を語りあったなぁ、とか。わたしの部屋の本棚に並ぶ本は、そんなあまりにささやかな、だからこそかけがえのない日常を思いださせてくれる〝記憶スイッチ〟なのだ。

この本も、未来のあなたの〝記憶スイッチ〟になって、いまこれを読んでいる、かけがえのないあなたの姿を留めてくれるかも？　そうなったら、わたしもうれしいな、と思っています。

刊行にあたって、そうとう多くの方々のお世話になりました。対談を再録させてくださった道尾秀介さん、冲方丁さん、綿矢りささん、辻村深月さん。書評を依頼し、担当してくださった編集さん、対談をまとめてくださったライターさん。それから、わたしが保管していた書評の切り抜きの山を発掘、取捨選択して、こうしてまとめてくださった集英社文芸編集部の中山慶介さん、校閲室の芳賀瑛典さん、多賀佳代さん。みなさんありがとうございました。

わたしはこれからも、傍に本のある静かな生活を続けていくと思います。またどこかでわたしの書評を見かけたら、よかったら、読んでくださいね。

あなたもお元気で。では、ひとまずのさよなら。

桜庭一樹

初出一覧

【解説】

『聖少女』（倉橋由美子、新潮文庫、２００８年）

『小指の先の天使』（神林長平、ハヤカワ文庫ＪＡ、２００６年）

『ずっとお城で暮らしてる』（シャーリイ・ジャクスン著、市田泉訳、創元推理文庫、２００７年）

『心のナイフ（上・下）』（パトリック・ネス著、金原瑞人、樋渡正人訳、東京創元社、２０１２年）

【リレー読書日記】

日本の〝異空間〟に足を運んで（「週刊現代」講談社、２００７年９月１日号）

不思議な味わいの詩の世界へ（同、２００７年９月29日号）

どこかに郷愁が漂う〝秋の読書〟（同、２００７年10月27日号）

マイノリティの文化を味わう一冊（同、２００７年11月24日号）

〝恐怖の深奥〟を極める二冊を堪能（同、２００８年１月５・12日号）

「作品の生命」と「作家の幸せ」を思う（同、２００８年2月9日号）
多忙な日々に〝一石二鳥〟の読書法を会得（同、２００８年3月8日号）
〝違法なひっくり返し〟の企み（同、２００８年4月5日号）
今は亡き名女優の「語り」に酔う（同、２００８年5月3日号）
「仕事」が切り口の歴史の書（同、２００８年6月7日号）
圧倒される二人の作家の短編を貪り読んで（同、２００８年7月5日号）
トゥマッチな〝ワンダーランド〟の面白さ（同、２００８年8月2日号）

【書評】
『むかし僕が死んだ家』（「野性時代」角川書店、２００５年12月号）
答え、答え、世界の答えはどこだ。（「小説現代」講談社、２００６年6月号）
シャーロック・ホームズのススメ（「コバルト」集英社、２００６年12月号）
少女よ、卵を置いて踊れ！（「小説新潮」新潮社、２００７年10月号）
甘くて艶かしい文章　著者二十二歳に驚き（「朝日新聞」２００７年11月11日）

未来のロミオとジュリエット（「朝日新聞」２００７年11月18日）
日本の民話にも通じる南米の「神話的世界」（「週刊新潮」新潮社、２００７年11月29日号）
隅っこでの出会い（「読売新聞」２００７年12月２日）
ハードボイルドに感動大作、ぞわぞわする傑作軍団だ！（「おすすめ文庫王国２００７年度版」本の雑誌社、２００７年）
ダブリン・ショック（「日本経済新聞」２００９年８月２日）
一気読みを反省　ゆっくり楽しむ本（「日本経済新聞」２００９年８月９日）
時を超える普遍性　怖くもあり希望でもあり（「日本経済新聞」２００９年８月16日）
場所を変えたら……脳に文字が流れこんだ（「日本経済新聞」２００９年８月23日）
変換不能の言葉から翻訳家の心意気を読む（「日本経済新聞」２００９年８月30日）
一族の中で生きていく女たちの小説（「フィガロジャポン」ＣＣＣメディアハウス、２００９年12月20日号）
巨大迷路「新伊坂」（「文藝別冊［総特集］伊坂幸太郎」河出書房新社、２０１０年）
どるりーれーんにおどろいた。（「オール・スイリ」文藝春秋、２０１０年）
吉野朔実のいた世界（「本の雑誌」本の雑誌社、２０１６年８月号）
「谷崎の作品を、三つ挙げろ！」（『谷崎潤一郎全集　第八巻　月報21』中央公論新社、２０１７年１月）

心に残る「北欧神話」の世界（「古典名作本の雑誌」本の雑誌社、２０１７年）
浅草革命（書き下ろし）
あのころの仲間と再会する（書き下ろし）
名前のない色をしたあの夜明けについて（書き下ろし）

【対談】
道尾秀介×桜庭一樹（「野性時代」角川書店、２０１０年5月号）
冲方丁×桜庭一樹（「小説野性時代」ＫＡＤＯＫＡＷＡ、２０１４年1月号）
綿矢りさ×桜庭一樹（「オール讀物」文藝春秋、２０１５年1月号）
辻村深月×桜庭一樹（「オール讀物」文藝春秋、２０１８年1月号）

装丁　名久井直子
装画　ヒグチユウコ

桜庭一樹（さくらば・かずき）

一九九九年「夜空に、満天の星」（『ＡＤ２０１５隔離都市　ロンリネス・ガーディアン』と改題）で第一回ファミ通エンタテインメント大賞に佳作入選。〈ＧＯＳＩＣＫ〉シリーズ、『推定少女』『砂糖菓子の弾丸は撃ちぬけない』などが高く評価され、注目を集める。二〇〇七年『赤朽葉家の伝説』で第六〇回日本推理作家協会賞、〇八年『私の男』で第一三八回直木賞を受賞。その他の著書に『少女には向かない職業』『荒野』『ばらばら死体の夜』『ほんとうの花を見せにきた』『じごくゆきっ』などがある。

小説《しょうせつ》という毒《どく》を浴《あ》びる　桜庭《さくらば》一樹《かずき》書評集《しょひょうしゅう》

二〇一九年五月三〇日　第一刷発行

著者　桜庭《さくらば》一樹《かずき》

発行者　徳永真

発行所　株式会社 集英社

〒一〇一-八〇五〇　東京都千代田区一ツ橋二-五-一〇

電話　〇三-三二三〇-六一〇〇（編集部）

〇三-三二三〇-六〇八〇（読者係）

〇三-三二三〇-六三九三（販売部）書店専用

印刷所　大日本印刷株式会社

製本所　加藤製本株式会社

ISBN978-4-08-771167-7 C0095

定価はカバーに表示してあります。

集英社　桜庭一樹の本

『ばらばら死体の夜』

神保町の古書店「泪亭」二階に住む謎の美女・白井沙漠。学生時代に同じ部屋に下宿していたことから彼女と知り合った翻訳家の解は、訝しく思いながらも何度も身体を重ねる。二人が共通して抱える「借金」という恐怖。破滅へのカウントダウンの中、彼らが辿り着いた場所とは――。「消費者金融」全盛の時代を生きる登場人物四人の視点から、お金に翻弄される人々の姿を緻密に描いたサスペンス。〈文庫〉

『じごくゆきっ』

由美子ちゃんセンセ。こどもみたいな、ばかな大人、みんなの愛玩動物。由美子ちゃんの一言で、わたしと彼女は、退屈な放課後から逃げ出す――「じごくゆきっ」。田舎町に暮らす、二人の中学生――虚弱な矢井田賢一と、巨漢の田中紗沙羅。紗沙羅の電話口からは、いつも何かを咀嚼する大きくて鈍い音が聞こえてくる。醜さを求める女子の奥底に眠る秘密とは――「脂肪遊戯」。他、全七編収録の短編集。〈単行本〉